세상 속에 있지만
세상에 속하지 않는

In the World,
BUT NOT OF IT

호킨스
강연집

세상 속에 있지만
세상에 속하지 않는

데이비드 호킨스 지음

박찬준 옮김

판미동

"세상 속에 있되 세상에 속하지 말라. in the world, but not of it." 이 말은 무슨 뜻일까요? 영적으로 열망하는 사람이라면 이 금언을 듣고 의문이 생긴 적이 있을 것입니다. 이 말을 내 삶에 적용할 수 있을까? 때때로 정신없이 바쁘고 혼란스럽고 스트레스 받는 오늘날의 기술 문명 속에서 이 말대로 살 수 있을까? 더 높은 수준의 알아차림 awareness과 의식으로 진화하고자 노력하는 과정에서 우리는 영적 수행이나 명상, 영감을 주는 생각 같은 것을 일상생활에 적용하려고 할 수 있습니다. 하지만 어떻게 해야 영적인 삶의 요건을 충족하면서 일상생활의 책임도 계속 감당할 수 있을까요?

육성 강의를 편집한 이 책에서 데이비드 호킨스 박사는 우리가 각자 자신에게 맞는 길을 찾을 수 있도록 도움을 줍니다. 경험담과 지혜로운 조언, 진솔하고도 연민이 담긴 이야기를 통해, 영적 의도와 진실성과 유머 감각이 있으면 영적인 길을 따르는 동시에 세상 속에서 길을 잃지 않고 살아갈 수 있음을 보여 줍니다.

현대 사회에서 살아가는 일은 쉽지 않은 과제입니다. 집중을 방해하는 것이 너무 많고, 내면이나 외부에서 받는 압박도 많습니다. 호킨스 박사는 세상에서 벗어나는 데 세상을 활용할 수 있다고, 이 땅에서의 삶이 우리가 최대한 성장하기 위한 완벽한 기회를 제공한다고 자주 이야기했습니다. 책을 읽어 나가다 보면 이 말이 무슨 뜻인지 알게 될 것입니다.

호킨스 박사는 세상에서 받는 부담이 무겁거나 버겁게 느껴질 때면 "세상을 가벼운 옷처럼 걸치라.Wear the world like a light garment."고 권합니다.

이 책을 읽어 나가며 두려움은 줄고 사랑은 커져서 여

러분의 나아갈 길이 환히 밝혀지길 기원합니다.

여러분의 최고선highest good을 위해 축복하며

베리타스 퍼블리싱

1장

영적인 길을
선택하려면

*In the World
But not of it*

현대에 발전한 기술 덕분에 새롭게 갖고 놀 것과 편리한 것을 엄청나게 제공받고 있지만, 하나의 인간으로서 살다 보면 따라오기 마련인 기본적인 문제들은 여전합니다. 실은 여러 면에서 더 안 좋아졌습니다. 일상생활은 위험천만한 속도로 더 혼잡해지고 번잡해지고 있습니다. 인간이 처한 딜레마가 과거 어느 때보다도 난감해졌을 뿐만 아니라, 대립하는 진영들의 맹렬한 공격과 미디어들의 끊임없는 집중포화에 서구 문명의 기초 자체가 약화되어 왔습니다. 우리는 거대한 포커스 그룹*이 된 것처럼 계속 미디어에 조종당하고 있습니다.

하지만 이 책의 독자와 같은 사람들, 영적으로 배우고 성장하려는 열망이 있는 사람들에게는 좋은 소식이 있습니다. 여러

---

* 시장 조사나 여론 조사의 대상으로 뽑은 소수 집단

분이 속한 독특한 집단에는 세상에서 살아남게 해 줄 뿐만 아니라, 삶을 즐기고 주변의 모든 아름다움과 합일하게 해 줄 도구가 있다는 겁니다. 여러분은 이 세상 속에 있지만, 그 일부가 아닙니다.

여러분이 지금 손에 들고 있는 책 속에서, 저명한 영적 스승인 데이비드 호킨스 박사는 인류가 거울 미로에서 길을 잃은 이유와 벗어날 방법을 설명합니다. 또한 그런 정보가 우리의 일상에 녹아들게 할 실천 방안도 제공합니다.

이 책을 읽는 내내 여러분은 세계 최고의 영적 스승 중 한 분이 지닌 지혜와 유머를 경험하게 될 것입니다.

* * *

예수는 "세상을 가벼운 옷처럼 걸치라."고 했습니다. 우리가 세상을 보고 경험하긴 하지만 세상은 우리의 궁극적 목표가 아니라 옷처럼 일시적인 것일 뿐이라는 말입니다. 조만간 죽게 마련인 육체를 위해 영혼을 희생하지 말라는 말이지요. 왜냐하면 이 세속의 삶보다 훨씬 더 중요한 것이 있기 때문입니다.

오늘날 우리는 영적 스승의 의식 수준이 얼마나 높은지 알 수 있게 되었습니다. 가톨릭교회의 수장인 요한 바오로 2세 교황은 '의식의 지도' 상에서 565 정도로 측정됩니다. 565는 환희와 평화에 연관되는 수준입니다. 이와 비슷하게 달라이 라마는 570 정도로 측정됩니다. 이들은 영적, 종교적 수행을 많이 한 덕분에 그 수준에 이르렀습니다. 이들은 타인을 향해서 선의goodwill를 방출합니다.

영적인 길을 간다는 도전

문제는 우리에게는 자기 나름의 의식 수준이 있을 뿐만 아니라 함께 공유하는 의식 수준도 있다는 점입니다. 집단적 의식 수준이 오르내리는 과정에서, 세상은 여전히 우리에게 여러 문제를 안겨 줍니다. 깨달음의 장애물들은 여전한데, 현대인은 세상에서 받는 압력force 때문에 이전보다 불리합니다. 거짓된 프로그래밍이 거의 끊임없이 계속되고 있습니다. 광고가 어떻게 짜여 있는지 살펴보세요. 이미지들이 빠르게 바뀌면서 부지불식간에 우리를 프로그래밍 하도록 되어 있습니다. 광고에서는 이를테면 자동차를 보여 준 다음 곧바로 매력적인 사람을 보여 줍니다. 욕망을 욕정과 결합하는 방법으로 여러 본능적 충동을 하나로 합치려 듭니다. 많은 제품의 광고가 근육 테스트에서 우리를 약하게 만듭니다. 측정해 보면 그런 광고는 시선을 끌지 못할뿐더러 실제로는 혐오를 일으킨다는 것을 알 수 있습니다.

의식 수준을 높이려면

흥미롭게도 우리의 행복은 외부 세상과는 직접적인 관계가 전혀 없습니다. 그건 내면의 의식 수준과 관계가 있지요. 복권에 당첨돼 하룻밤 새 억만장자가 된 사람들에게서 이런 현상을 볼 수 있습니다. 갑작스레 명성과 부를 경험하게 되었지만 그런 것을 맞이할 자세가 되어 있지 않으면, 그 때문에 행복을 깨뜨리는 경우가 많습니다.

행복과 의식 수준의 상관관계는 거의 100퍼센트입니다. 특정 의식 수준에 이르면 어떤 상황에서든 행복하고 만족하게 됩니다. 무슨 일이 벌어지든 상관없습니다. 세상에서 받는 압력에 행복이 좌우되지 않습니다. 더 이상 외적인 것, 이름나는 것, 화려한 것을 중시하지 않으니까요.

예를 들어, 많은 청소년이 장래에 운동선수가 되고 싶어 합니다. 최고로 유명한 스포츠 스타들을 부러운 눈으로 바라보며 자신의 욕망을 그들에게 투영합니다.

어렸을 때 나는 운동선수가 되고 싶은 마음은 전혀 없었습니다. 전 과목 A 학점을 받으며 매일 책 한 권을 끝내고 싶었습니다. 1년에 500권은 읽었고, 책마다 메모를 잔뜩 남겼습니다. 내 관심사는 전혀 달라서 육체적인 것은 거의 중요하지 않았습니다.

세상을 배우고 이해하려는 열망은 다행히 나의 지적 능력만으로도 충족될 수 있는 것이었습니다. 하지만 붓다의 의식 세계를 눈치채면 그보다 못한 어떤 것에도 만족할 수 없게 됩니다. 영적 여정에 나서는 것이 어느새 소명이 되어, 위대한 영적 논저들을 죄다 읽으며 그 지혜를 흡수하게 됩니다.

아주 어린 나이에 나는 깨달은 의식 상태들을 경험했고, 신성의 본성이 모든 시간과 모든 한계를 초월한 무한한 사랑의 현존임을 깊이 이해했습니다. 십 대 때 나는 완전히 비언어적이고 시간을 초월한 방식으로 큰나Self*를 경험했는데, 이럴 때 사람은 큰나가 영원함을 깨닫습니다. 큰나는 시작도 없고 끝도 없기에, 나라는 것that which I am은 늘 있어 왔으며, 늘 있게 되는 것입니다.

우리의 인생살이 자체가 작은나self**를 초월하려는 노력입니다. 이기심, 자기중심성, 탐욕, 증오, 분노 같은 작은나와 연관되는 모든 부정적 감정을 초월해 큰나의 성장을 가능하게 하고 쉬워지게 하려는 노력입니다. 그러는 것이 끝없는 만족을 주니까요.

의식의 수준들을 보면 알 수 있듯이 의식 수준이 높을수록 작은나보다는 큰나에 더 지배되며 행복도 커집니다. 근사한 직함이나 돈 같은 것이 다 필요 없으면 그런 것에 더 이상 휘둘리지 않고 다른 것을 소중히 여기게 됩니

---

* 원문의 '대문자 S로 시작하는 Self'를 불교 용어이자 인도 철학 용어인 대아大我로 보고 '큰나'로 옮겼다.

** 원문의 'self'를 대아와 대비하여 불교 용어이자 철학 용어인 소아小我로 보고 '작은나'로 옮겼다.

다. 모든 사람을 사랑할 수 있게 됩니다. 무슨 일이 있어도 말이죠. 현재의 정치판을 보면 내가 전혀 동감할 수 없는 사람들이 있지만, 나는 여전히 그들을 동등한 인간으로 사랑할 수 있습니다.

모두를 똑같이 사랑하도록 자신을 허용하세요. 의식이 진보하면 사람들의 동기가 보이게 됩니다. 속이 빤히 들여다보이게 됩니다. 재미있는 것은 사람들이 하는 말이나 심어 주려고 애쓰는 인상이 그들의 진짜 꿍꿍이와 정반대되는 경우가 많다는 것입니다. 상대적으로 더 깨우친 사람을 속이는 것은 그만큼 더 어렵습니다.

의식의 진보된 상태는 종종 자연적으로 발생합니다. 이를테면 숲속을 걷다가 문득 멈춰 서서 나무와 노래하는 새들의 아름다움을 깨닫습니다. 자연 본유의 아름다움이 빛을 발합니다. 운이 좋다면 그 아름다움의 신성함을 볼 것입니다. 모든 존재가 신성함을 볼 것입니다. 나무들 각각이 우리의 존재를 의식하여 알아차리고는 신이 지나가고 있음을 깨닫습니다. 나무는 어떤 수준에서 이 사실을 알아차리고 있습니다. 식물 수준에서 알아차리고 있는 것이지만 이 사실에 대한 앎knowingness이 있습니다. 신성의 무한한 앎은 존재하는 모든 것에 본래 갖추어져 있기 때문입니다.

거울 미로

인류는 현재 거울 미로에서 길을 잃고 실상과 환상을 구별하지 못하는 듯합니다. 여러 거울에서 불빛이 보이면 사람들은 자기가 보고 있는 것이 진짜라고 생각합니다. 거울에 반사된 것일 뿐인데도 말이죠.

미국인의 절반 이상이 200 미만으로 측정됩니다. 200 미만의 수준은 포스force*에서 나오고 생명에 파괴적인 영향을 미칩니다. 200 이상의 수준은 파워power**에서 나옵니다. 진화 과정에서 인간은 바닥 수준에서 시작해 점차 올라가 현재는 200을 조금 넘어선 수준까지 진화했습니다. 200 이상의 수준은 진실과 진실성integrity을 나타내고, 200 미만의 수준은 거짓을 나타냅니다.

----

* 강제력을 의미한다.

** 권능을 의미한다.

간단히 말하자면, 200 이상을 유지하는 길은 십계명을 지키고 일곱 가지 대죄를 피하는 것입니다. 갈망하거나 원하거나 욕망하거나 요구하지 않습니다. 자부심을 포기하고 그 바탕인 자기도취를 포기합니다. 울분과 분노를 포기합니다. 두려움을 포기합니다.

의식 수준을 측정할 때 우리는 사물의 외관appearance 이 아니라 그 본질essence을 알아내게 됩니다.

무한하며 시간을 초월한 공간에는 시작이나 끝이 없고, 여기나 저기가 없으며, 지금이나 그때가 없습니다. 따라서 의식의 장場은 전지全知합니다. 지금까지 존재했거나 앞으로 존재할 수 있는 모든 것이기 때문입니다. 본질을 알아낼 때 우리는 파동 함수를 붕괴시킵니다.

무슨 말이냐면, 양자역학의 하이젠베르크 원리에서는 시간에 종속적이거나 독립적인 가능성의 방정식에서 출발해 (실제로는 수학 공식인) 파동 함수가 강화되면, 측정으로 그 파동 함수를 붕괴시킬 수 있습니다. 관찰의 대상이 에너지에서 입자로 옮겨 간다는 말입니다. 이 사실은 물론 빛 자체의 본성을 연구하는 과정에서 발견되었습니다. 빛은 입자이자 파동으로서 발생하기에 잠재 상태가 실제 상태가 되려면 실상을 부여받아야 한다는 발견입니다.

내가 실상을 갖고 있는 진술을 하면, 그것이 양자 포텐셜에 영향을 미쳐 파동 함수가 붕괴되고, 사람의 팔이 강해집니다. 내가 거짓인 진술을 하면 그런 진술에는 실제로 따라올 귀결이 없습니다. 따라서 파워가 없어 파동 함수를 붕괴시키지 못하고, 사람의 팔이 약해집니다. 근육 테스트는 이렇게 작동합니다.

현재 세계 인구의 약 80퍼센트가 200 미만입니다. 진실과 진실성과 정직성에 대해 이야기하면 세상 사람들 대부분이 알아듣지 못한다는 말입니다.

생명은 하향식으로 생겨납니다. 신성의 광채가 의식의 장을 통해 빛을 발하면 그 장이 생명으로 출현하고, 그 생명이 할 수 있는 선택의 폭도 결정됩니다. 선택의 폭은 여러분의 의식 수준에 의해 결정됩니다. 신에게 인도해 달라고 기도하여 머릿속에 좋은 아이디어가 떠올랐지만 그것이 도움을 청하며 신성을 존중한 덕분임을 알지 못하는 경우가 많습니다. 신기한 점은, 인도해 달라고 기도하는 행위가 신성을 불러낸다는 것입니다.

진실도 마찬가지입니다. 진실을 이해하고 알아차리기를 열망하고 진실로 인도되기를 열망하면, 정확히 그런 일이 일어날 가능성이 있습니다. 신을 부정하고 진실을 부정하는 사람들은 대가를 치릅니다. 그들은 이 간단한 근육 테스트로 진실을 알아낼 수가 없습니다. 수백 가지 분야에서 유용한 테스트로 밝혀졌는데도 말이죠. 진실이나 진실의 근원 같은 것이 존재한다는 사실을 부인하면, 그것이 존재한다는 믿음이 가져오는 선물도 허락되지 않습니다. 여러분이 세상을 바라보고 경험하는 방식이 곧 투영projection입니다. 여러분은 여러분 나름의 의식을 저 밖에 투영하거나 저 밖에 있다고 믿어지는 것에 투영합니다. 하지만 저 밖out there은 전혀 존재하지 않습니다. '이 안in here'만 존재합니다.

내가 설명한 대로 세상을 최대한의 카르마적 이익을 위한 장소로 볼 수 있겠습니까? 여러분이 보고 경험하는 바는 여러분 나름의 의식이 투영된 것입니다. 즉 우리는 세상을 슬프거나 행복하거나 터무니없거나 유익하거나 아름답거나 신성하거나 짜증 나거나 부도덕하거나 악하다고 보거나, 무한한 선善이라고 봅니다. 진보한 깨달음의 상태에 도달해 궁극의 신성을 깨닫고 싶으면 바로 그런 알아차림의 차원으로 성장해야 합니다. 인간으로 사는 일생의 카르마적 이익은 불교에서 말하듯 생애 자체가 가치 있다는 것입니다.

오늘날 미국에서 깨달음을 가장 큰 염원으로 여기는 사람은 천만 명 중 한 명 정도입니다. 깨달음의 추구는 그 정도로 아주 드문 일이지만, 엄청나게 보람 있는 일이기도 합니다.

영적 진화가 쉬워지려면 아름다움에 묻혀 사세요. 미술, 음악, 춤, 문학을 늘 가까이하세요. 아름다움은 뇌의 뉴런에 직접적으로 물리적 영향을 미칩니다. 알맞은 영향을 받은 뉴런들은 엔도르핀을 생성하는 뇌 부위에 에너지를 공급합니다.

물론 영적 진화 과정에서 여러분은 결국 아름다움의 모든 정의를 초월합니다. 모든 존재의 아름다움을 감지할 수 있게 되면, 뒷골목을 걷다가 눈에 띄는 것에도 큰 감동을 받을 수 있으니까요. 뉴욕의 어느 골목길을 걷던 때가 생각납니다. 느닷없이 모든 것이 환하게 밝아졌습니다. 녹슨 쓰레기통들이 예술 작품이었습니다. 조그만 갈색 생쥐가 종종걸음으로 먹을 것을 찾다가 사과를 발견했습니다. 그것을 보고 나는 너무 행복했습니다. 전체 풍경이 인상파 그림 같았습니다.

예술과 창조성을 감상할 줄 알면 영적 알아차림이 향상됩니다. 음악, 연극, 춤 같은 예술의 위대한 작품은 우리를 울릴 수 있습니다. 그 아름다움이 어느 지점에 이르면 우리는 환희와 지복의 눈물을 흘릴 수밖에 없습니다. 그리고 황홀경에 들어섭니다.

거울 미로로 더 깊숙이 들어가 보면

내가 현대인들을 완전히 세뇌할 정도인 미디어의 영향을 우려하는 것은 그로 인해 결국 의식 수준이 무너지고 떨어지기 때문입니다. 미디어 때문에 도덕성의 쇠퇴가 가속되어 왔습니다. 어린아이들은 너무나 쉽게 외부의 영향을 받기 때문에 미디어에 완전히 휩쓸린 나머지 거의 미디어의 꼭두각시가 됩니다.

의식의 확실한 보호 수단은 알아차림 자체입니다.

우리 사회가 쇠퇴해 온 것은 통치권sovereignty을 존중하지 않고, 통치권이 필요함을 이해하지 못하기 때문입니다. 통치권은 현대 사회에서 인기가 없습니다. 사람들은 통치권을 이해하지 못합니다. 궁극의 통치권은 신성이기 때문입니다. 우리 내면의 청소년은 통치권을 상대하고 싶어 하지 않습니다. 제 나름의 자기도취적이고 장난스럽고 즐거운 시간을 갖고 싶어 하고, 하고 싶은 일만 제멋대로 하고 싶어 합니다.

통치권은 상대주의 대신 절대주의에 정렬되어 있음을 의미합니다. 진정한 통치권은 통치권에 대한 사람들의 의견에는 전혀 관심 갖지 않고 그냥 존재합니다. 있는 그대로의 사물을 보면, 각각의 사물은 매 순간 제 나름의 쓸모가 있습니다. 재미있는 것이라고 생각한다면 재미있는 것들일 수 있고, 슬픈 것이라고 생각한다면 슬픈 것들일 수 있습니다. 한심하거나 터무니없거나 악하거나 선할 것들일 수도 있습니다. 모든 사물은 우리가 각각에 투영하는 그대로입니다.

의식 수준 측정의 가치는 의식 수준을 측정하면 어떤

사물에 대한 인식perception과 대비해서 그 사물의 본질 essence을 명확하게 규정하고 규명할 수 있다는 데 있습니다. 이 점이 거울 미로에서 길을 찾을 때 중요합니다.

자, 이제 우리는 더 깊이 잠수해서 인간의 경험 전체를 유람할 것입니다. 인간으로 존재한다는 것의 실상에 대해 가장 먼저 제기할 질문은 이것입니다. 어떻게 하면 우리가 어떤 존재이며 어디서 유래했는지를 알 수 있을까? 인간은 포유류이니 진화상 어디서 유래했는지는 알고 있지만, 그건 인간으로서 존재한다는 것과는 다른 문제입니다. 우리를 인간으로 만들어 주는 것은 영spirit과 에테르체etheric body*입니다.

우리는 어떻게 이 세상에 왔을까요? 그 답은 누구에게 물어보는지에 따라 상당히 달라집니다. 유물론자들은 동물의 진화론에 매우 만족합니다. 밑바닥에서 위로 올라가는 상향식이자 선형적인 뉴턴식 설명에 매우 만족합니다. 이 설명이 영적인 사람에게는 전혀 다른 것을 의미합니다. 창조론자들은 신이 인간을 꼭대기에서 아래로 내려가는 하향식으로 창조했다고 말합니다.

---

* 유체 이탈 시 육체를 벗어나는 유체幽體를 가리킨다.

진보한 영적 상태에서 사람은 자신이 단순히 육체적이지 않고, 의식과 알아차림이 있으며, 상향식이 아니라 하향식으로 유래했음을 깨닫습니다.

인간이 신에 의해 창조되었다는 『구약 성서』「창세기」의 설명은 1,000으로 측정됩니다. 우리는 특별한 창조 행위로 창조되었습니다. 그러니 우리는 모두 신의 아이입니다. 여기 있는 모든 사람은 신의 아이입니다. 따라서 저 밖의 모든 사람은 우리의 형제자매입니다.

우리는 어디서 왔을까요? 우리는 어떤 것일까요? 우리는 육체일까요, 아니면 영일까요? 우리는 영화된 spiritualized 육체입니다. 좌뇌와 우뇌는 영적 에너지에 영향을 받아 뇌 기능이 달라집니다. 또한 영적 에너지는 개인의 영적 알아차림의 수준을 끌어올립니다. 그래서 영적으로 열성적이게 되는 순간, 신에게 "신이시어, 도움을 청합니다. 저에 대한 당신의 뜻을 구합니다."라고 기도하는 순간, 그 답을 이해하게 해 줄 에너지를 이미 불러일으킨 것입니다. 자신이 육체에 불과한 것이 아니라 영화된 육체라는 사실을 깨달으면, 알아차림의 장 전체가 정교해지고 인간으로서 더 큰 힘을 갖게 됩니다.

나중에 우리는 어디로 갈까요? 우리는 다른 에너지장으로 완전히 바뀝니다. 그러면 에테르체가 우리의 주된 육체가 됩니다.

우리는 왜 이 세상에 있을까요? 그 답은 물론 삶의 목적이 무엇인지에 따라 달라집니다. 인생의 목적에 대해서는 '서양의 위대한 책들Great Books of the Western World'이 논의해 왔지만, 답은 이렇습니다. 우리는 이 세상에 있지 않습니다. 세상이 우리 안에 있습니다. 왜 그럴까요? 세상을 알아차리고 있는 것은 다름 아닌 우리의 의식이기 때문입니다.

인류의 역사를 살펴보기만 해도 우리가 세상에 있는 목적은 우리 의식의 진화를 지원하는 것이라는 사실이 명백해집니다. 이 세상은 우리에게 영적으로 성장하고 발전할 수 있는 최대한의 기회를 제공합니다.

누구나 인식perception이 있습니다. 이 사실에 대한 기초적인 격언이 프로타고라스와 플라톤의 대화에 나옵니다. "나는 이런 식으로 세상으로 경험하고 당신은 저런 식으로 세상을 경험하니, 서로 다른 두 현실reality이 존재한다."고 프로타고라스가 말합니다. 그러나 인식은 현실이 아닙니다. 세상에 대한 여러분의 인식은 여러분의 견해일 뿐, 세상이 반드시 그렇지는 않습니다. 우리는 서로 다른 두 현실 속에서 사는 것이 아니라 현실에 대한 서로 다른 두 인식 속에서 삽니다. 서로 다른 현실들이 아닙니다. 서로 다른 인식의 주장들입니다. 내가 저 밖에서 인식하는 것은 나라는 것의 투영입니다.

세상을 보는 방식은 다양하게 많습니다. 세상은 희극인가? 세상은 비극인가? 순진한 사람은 인식만 봅니다. 보다 진보한 사람은 사물의 실제 본질, 그 절대적 진실에 관심이 있습니다. 인생은 잘못된 한탕주의적 열정에 시간과 에너지를 허비하며 몰두하기에는 너무 짧습니다.

우리 사회는 최근의 재앙에 열 올리는 데 푹 빠져 있습니다. 자기도취적으로 시간과 노력을 쏟는다는 얘기입니다. 이건 완전히 다른 주제이지만 아주 중요한 주제이기도 합니다. 문제는 나의 의견이나 관점이 어떤지, 무엇을 지지하는지가 아니라, 거기에 내가 얼마나 자기도취적으로 시간과 노력을 쏟는지입니다. 어떤 것이 무슨 무슨 '주의ism'가 되는 순간, 어떤 관점의 끝에다 '주의'를 붙이는 순간, 그것의 측정치가 180 내지 190으로 떨어집니다. 그

것이 하나의 '주의'가 되는 순간 분열이 생기고 시위와 행진이 벌어집니다. 그것에 동의하지 않으면 적이 됩니다. 이런 사람들은 진실을 아는 데 별로 관심이 없습니다. 자신의 신념에 타인이 호응하기만을 바랍니다.

의식 수준의 상승을 막는 것들

200 미만의 의식 수준은 진실에 반대합니다. 그들은 세상에 대한 자기 나름의 견해와 그 견해의 정당화에만 관심 있습니다. 하지만 사람은 진화할수록 초연해져서 옳고 그름에 감정을 쏟아 넣지 않습니다.

대다수 사람은 근육 테스트를 할 때 초연하지 못합니다. 결과에 감정을 쏟아 넣는 탓에 진실에 도달하지 못합니다. 나는 항상 사람들에게 우선 초연해지라고 합니다. 측정 대상을 명확히 해서 측정 결과를 얻은 다음에는 결과에 적응해야 합니다. 거짓말쟁이, 사기꾼으로 봤던 사람이 실제로는 높게 측정된다면, 우선 무엇 때문에 그렇게 측정되는지를 알아냅니다. 그런 다음 내가 왜 그 사람을 안 좋게 봤는지를 돌이켜보고, 그 점에 대한 나의 감을 바로잡습니다. 이와 반대로 하면 안 됩니다.

많은 사람은 자기도취적이어서 무엇이 진실인지 알아낼 때 자신의 선호를 확실하게 제쳐 놓지 못합니다. 여러분 자신의 의식 수준이 200 미만이라면 진실의 수준을 측정할 수 없습니다. 사실 의식 수준이 높을수록 정확도도 높습니다. 이것이 우리 동료들이 수행한 연구의 결과입니다. 그들은 의식 수준이 높을수록 근육 테스트 반응의 진실성 비율도 높다는 사실을 발견했습니다. 가장 좋은 의식 수준 범위는 400대입니다. 400대는 지성, 진실, 논리의 수준입니다. 400대인 사람은 진실을 이해하고자 하는 의욕이 생기기 쉽고, 에고와 감정에 덜 휘둘립니다.

우리가 실험 과학자라고 합시다. 실험에는 감정이 끼어들면 안 됩니다. 과학자가 "나는 이 박테리아가 그람 음성균gram negative이 아니라 그람 양성균gram positive이기를 바란다!"*고 한다면 말도 안 되겠죠? 숙련자는 감정을 무시하고 이성적 사고를 통해 진실을 알아낼 줄 압니다.

---

* 세균을 크게 두 가지로 분류하는 방법인 그람 염색에서 분홍색이나 붉은색으로 염색되는 것을 그람 음성균, 보라색으로 염색되는 세균을 그람 양성균이라고 부른다.

어떤 진실과 사람들이 그 진실에 대해 취하는 입장은 별개의 것입니다. 여러분이 어떤 것에 동의하지 않을 수는 있지만, 그런 입장은 그것의 진실과는 아무 상관도 없습니다. 이를테면 어떤 주식을 샀다고 합시다. 그런데 그 주가가 내려간다고 해서 '옳지 않아, 올라가야 마땅해!' 하는 것은 주가와는 아무 상관도 없습니다.

절대론자는 주관성을 초월한 실상이 존재한다고 말합니다. 상대주의자에게 나 개인의 에고를 초월한 진실이 존재한다는 발상은 자신의 믿음과 반대되는 혐오스러운 것입니다. 상대주의자는 자기도취증narcissism에 근거하기 때문입니다. 사람은 진화할수록 양심이 우세해져서 더는 자신이나 타인을 속일 수 없게 됩니다. 이득이 있는 한 어느 정도까지는 거짓말을 하고도 개의치 않다가, 나중에는 거짓말을 하면 신경이 쓰이게 되고, 결국에는 자신에게 거짓말하는 것이 혐오스러울 지경에 이릅니다. 타인에게 거짓말하는 것은 여전히 괜찮다고 볼지 몰라도 자신에게는 거짓말하지 않게 됩니다.

명상과 관상으로 마음을 침묵시키려면

명상은 확고한 목적에 기여합니다. 명상에 들어갈 때는 의도와 절제력을 가지고 들어가니까요. 명상冥想, meditation은 우리의 시간과 공간을 차지하기도 합니다. 반면에 관상觀想, contemplation은 세상 속에 있으면서 열려 있음을 경험하는 방식에 가깝습니다. 명상을 하면 세상 밖에 있게 됩니다. 아이들과 놀거나 잔디를 깎을 수가 없습니다. 즉 명상은 정규적인 수련입니다.

관상은 일종의 반명상semi-meditated 상태입니다. 다소 초연한 상태에서 모든 것을 지켜보는 것입니다. 현상의 주체가 되지 않고 목격자가 되는 것입니다. 현장 밖에 있게 되어, 더는 현재 벌어지는 일의 주역이 아니게 되는 것입니다.

관상 수행을 보다 일정하게 하다 보면 어느 날 모든 현상이 자연적으로 저절로 일어나고 있다는 사실이 명백해집니다. 어떤 일을 유발하는 개인적인 나는 전혀 존재하지 않습니다. 우리는 팔이 공중에서 움직이는 것을 보고 느끼기 때문에 내가 팔을 공중에서 움직이기로 결정했다고 추정합니다. 공功을 차지하는 겁니다. 1만 분의 1초 만에요. 자기도취적인 에고가 끼어드는 것은 그처럼 빠릅니다. 개인적인 나가 많은 생을 통해 마침내 사라져 가면 우리는 비선형적이면서 모든 곳에 편재하는, 현상의 목격자가 됩니다. 나라는 사람의 정체성이 목격자로, 경험자로, 의식 자체의 장으로 옮겨 가고, 이어서 의식 자체에 있는 알아차림 능력으로 옮겨 갑니다.

우리는 지금 이 자리에 앉아 있습니다. 이 자리에 앉으려면 우선 태어나야 합니다. 태어나려면 부모가 있어야 하고, 그 밖에도 수없이 많은 일이 일어나야 합니다. 아무리 작은 사건도 그것이 일어나려면 수없이 많은 현상이 일어나야 합니다. 공중을 떠다니는 먼지 한 알갱이도 마찬가지입니다.

사람들은 궁금해합니다. "이 미세한 먼지 알갱이가 내 눈앞을 떠다니게 된 원인은 무엇일까?" 이 먼지 알갱이가 바로 지금 이 공간에서, 이 순간의 대기압과 바람의 속도와 온도 아래에서 이 속도로 움직이고 있으려면 수없이 많은 요인이 필요합니다. 인간의 마음이 어떤 사물의 진정한 원인을 파악하는 것은 불가능합니다. 그래서 우리는 결국 항복하고 모든 존재 앞에서 겸허해집니다.

목격자가 되면, 현상들이 자발적으로 발생한다는 점이 명백해집니다. 얼마 안 있어 명백해집니다. 이 사실을 깨달을 때 우리는 개인적 자아와의 동일시를 초월합니다. 관상을 통해 그렇게 될 수 있습니다. 명상으로도 이 상태가 강화될 수 있지만, 명상은 일상생활과 분리되는 경우가 많습니다. 명상 따로, 일상생활 따로가 됩니다. 반면 관상을 하면 명상적인 내면 라이프 스타일이 자리 잡혀 언제 어디서든 어떤 상황에서든 수행할 수 있습니다. 어떤 면에서 관상은 시력vision을 갖는 일에 가깝습니다. 관상에서는 저 밖의 일을 목격합니다. 그 일을 유발하지 않습니다. 자기 개인에게 공을 돌리지 않습니다. 이렇게 목격하는 상태에 있을 때, 우리는 우리의 진정한 자아에 더 가까워집니다.

많은 영적인 길에서는 확언이나 묵상할 구절 같은 형태로 그날의 가르침을 제공합니다. 종일 마음속으로 가볍게 생각해 볼 거리 한 가지, 마음속에 가볍게 품고 있을 어떤 것을 제공합니다.

「시편」 91편으로 그렇게 했을 때가 생각납니다. "지극히 높으신 분의 은밀한 거소에서 사는 사람은 전능하신 분의 그늘에서 살 것이다." 이 구절을 들여다보는 데만 몇 시간이고 시간을 들였습니다. 이러면 말의 진정한 의미가 다양한 수준의 이해와 해석 속에서 밝혀집니다. 자연히 그렇게 됩니다.

한동안 이렇게 하고 나면 여러분은 관상적 알아차림을 유지하는 가운데 주변에서 벌어지는 일과 함께할 줄 알게 됩니다. 내가 분주히 서두르고 있음을 알아차리지만, 진짜 나는 사실 분주히 서두르고 있지 않습니다. 진짜 나는 그 분주한 서두름을 목격하고 있습니다. 물론 나는 마음이 그 모든 일을 끝내야 한다고 생각한다는 것을 알고 있어 마음을 놀립니다. '마음아, 잠깐 앉아 봐. 넌 네가 이 모든 일을 10시까지 끝내야 한다고, 그러지 않으면 세상이 끝장날 거라고 생각하고 있네.' 이렇게 자기 자신과 농담할 줄 알게 됩니다.

이런 영적 도구와 기법에서는 유머 감각을 갖는 것이 아주 중요합니다. 유머 감각이 있으면 너무 진지해지거나 자기 의견을 고집하지 않게 됩니다. 내가 옳기를 바라는 자기도취증을 피하는 데 도움이 됩니다. 유머 감각이 있으면 어떤 시야가 열려 현실과 초연함을 중시하게 됩니다. 사람은 영적 알아차림이 커질수록 삶이 덜 심각해지고, 마음이 가벼워지며, 때로는 유머러스해지기까지 합니다. 자기 자신을 자애롭게 놀릴 수 있는 것은 영적인 길에서 얻는 확실한 축복입니다.

2장

의식이 계속 깨어 있으면서
융화하려면

In the World
But not of it

깨달음이 커질수록 세상 속에서 살기가 어려워진다는 인식이 있습니다. 이 장에서 호킨스 박사는 세상 속에서 영적인 길을 따르도록 희망을 주고 격려하면서, 의식의 깨어남이 실제로는 어떻게 경험을 더 수월하게 해 주는지 설명합니다.

　또한 대다수가 무의식적인 세상 속에서 의식적으로 살 수 있는 가장 좋은 방법을 알려 줍니다. 먼저 군중 심리 내지는 '집단 사고'의 위험성을 논하고, 사람들이 혼자서라면 엄두도 나지 않을 일을 군중 속에서는 하는 까닭을 살펴봅니다. 군중 심리가 오늘날의 세상에서 어떤 식으로 나타나고 있고, 어떻게 하면 그런 것에 끌려들어 가지 않을 수 있을까요?

* * *

군중 심리 현상은 미디어가 이용하는 것이자 퍼뜨리려고 하는 것입니다. 이 현상은 대개 리더와 함께 시작됩니다. 리더는 앞에 나서서 무리를 결집하고 사람들을 고무합니다. 리더는 활기를 불어넣는 사람이고, 그것이 그의 역할입니다. 의식 수준을 측정하면 사람들의 대의가 가치 있는 것인지 알아낼 수 있습니다. 그들에게 활기를 불어넣는 대의가 진실에 근거한 것인지, 환상에 불과한 것인지 말이지요. 환상은 어쨌든 진실만큼이나 군중을 흥분시킵니다.

현대 사회에서는 도덕적 우월함을 놓고 경쟁이 벌어집니다. 현재 벌어지고 있는 모든 주요 갈등의 기초가 도덕적 우월함이죠. 이 관점에서 뉴스를 보면 재미있을 겁니다. 도덕적으로 우월하려고 하는 끊임없는 자기도취적 충동을 보게 될 테니까요. 소속과 대의, 즉 사람들이 속한 종교, 정당, 국적, 심지어 세대 같은 것이 다른 어떤 것보다도 사람들의 인식에 더 많은 영향을 미칩니다. 그리고 이런 것은 다양한 집단들이 서로 싸우게 하는 데 이용됩니다.

진정한 영적 리더십

어떻게 하면 이런 분열을 극복할 수 있을까요? 사람들을 이끌려면, 가르치는 사람에게 그들이 그저 의존하게 하기보다는 갈수록 더 자립하도록 격려하면 됩니다. 그러면 탁월함 자체를 위해 탁월해지려고 분투하게 됩니다. 탁월함 자체가 보상이 되는 거죠.

제일 좋은 것은 도덕적 책임감에 인도받는 것일 수 있습니다. 즉 자신과 타인, 그리고 신에 대해 도덕적 책임이 있음을 아는 것입니다. 앞서 이야기했듯이, 도덕적 우월함은 우월감을 느끼려고 다른 누군가를 깎아내리는 에고의 자기도취적 충동인 반면, 도덕적 책임은 자신과 타인과 신에게 최선을 다하는 것입니다. 우리는 신, 우리의 큰나Self, 동료들에게 봉사하고 있습니다. 이 셋 중 하나에게 봉사하면 다른 둘에게도 봉사하는 것입니다.

아주 큰 병원을 소유했던 시절이 있었습니다. 당시에 내가 나 자신에게 요구한 것은 환자에게 최선을 다한다는 것이었습니다. 나는 나 자신에게 진실한지, 내가 나중에도 이 결정에 대해 책임질 수 있기를 바라는지 늘 자문했습니다.

나는 매우 혁신적인 요법을 쓰기 시작했습니다. 그리하여 가망 없던 환자들을 많이 치료했습니다. 답이 없는 문제의 답을 찾아내거나 치료할 수 없는 병의 치료법을 찾아낼 때가 아주 많았습니다. 그런데도 동료들은 나를 비웃곤 했습니다. 지금도 서구식 교육을 받은 전통적 의사들에게 내가 침술을 이야기한다면 그들은 눈을 부라릴 것입니다. 침술에 대한 내 개인적인 경험은 이랬습니다. 오래전 나는 치료가 매우 어려운 천공성 궤양이 있어서 출혈이 잦았고, 그래서 입원을 해야 했습니다. 외과적으로 위장 일부를 제거하는 위절제술을 받을 예정이었는데, 그건 당시의 내 상태를 감안하면 매우 위험한 수술이었습니다.

그때 운 좋게도 최초의 침술 클리닉이 워싱턴시에 생겼습니다. 연방 정부로부터 승인을 받아서 말이죠. 실험적인 시술이었기 때문에 모든 과정이 신중하게 문서화되었습니다. 기존 의사의 소견서부터 받아 와야만 했습니다. 세 번 치료를 받은 뒤, 이 치료가 불가능했던 병이 완치되었고, 그때부터 지금까지 궤양이 재발한 적은 한 번도 없습니다. 나는 이런 일이 확실히 우리의 의도나 사고방식과 뭔가 관련이 있다고 봅니다.

여러분이 욕망하는 모든 것은 여러분이 여러분 자신의 외부에 투영하고 있는 것입니다. 욕망이든 불만이든 모두 여러분이 자신의 참모습을 외부 세계의 어떤 사물이나 사람에게 투영하고는 거기에 어떤 특성을 부여한 것입니다. 자신의 참모습을 인정하면, 여러분은 여러분의 큰나Self가 온전하며 그 자체로 완전하다는 것을 깨닫습니다. 여러분의 큰나는 아무것도 필요 없습니다. 따라서 그 누구도 여러분이 외부 세계에서 원하는 바를 갖고 있지 않습니다. 여러분 자신이 매 순간 부족함이 없으며, 온전하고 완전하기 때문입니다.

자기 자신을 인정하고 받아들이려면

영적인 길을 따라 나아가는 과정에서 여러분은 자기 자신 말고는 필요한 것이 없으며, 자기 자신에게만 해명할 책임이 있다는 것을 알게 됩니다. 의문은 단순해집니다. 나는 신에게, 나 자신에게, 동료에게, 내가 사랑하는 사람들에게 나의 능력을 최대한 발휘하고 있는가? 신성에 대한 여러분의 의무는 여러분 자신에게, 신에게, 그리고 모든 사람에게 여러분이 될 수 있는 모든 것이 되는 것입니다. 이렇게 함으로써 여러분은 여러분의 장래성 promise을 실현합니다.

인정을 받는 것이 어떤 식으로 사람을 망칠 수 있을까요? 인정받는 것은 여러분의 에고만 치켜세울 뿐입니다. 여러분이 미진함을 느끼지 못한다면 인정받는 것은 불필요합니다. 최선을 다했다면 다른 사람들에게 인정받을 필요가 없습니다.

골프 코스에서 홀인원을 하는 것과 비슷합니다. 의도치 않게 골프공이 컵 안으로 들어갑니다. 신나는 일이긴

하지만 사실 솜씨 덕분은 아닙니다. 솜씨 덕분이었다면 또 할 수도 있을 테니까요.

인간의 삶이 지닌 목적은 무엇일까요? 인간의 삶은 의식의 진화를 촉진해 우리의 궁극적 실상을 깨닫게 해 줍니다. 깨달음으로 가는 길의 일부입니다. 그렇다면 '이 세계는 어떻게 생겨났을까?'라는 의문도 생깁니다. 그 답은 여러분이 이 세계라는 말로 무엇을 의미하는가에 따라 달라집니다. 지구인가요, 인류인가요, 인간의 경험인가요? 우리가 이야기하고 있는 세계는 의식의 상태입니다. 이 세계는 카르마적 혜택으로서 생겨난 것, 우리가 되어 있는 바what we have become에 따른 자동적 결과로서 생겨난 것입니다.

인간 고유의 경험으로서 오늘날의 세계에서 특히 두드러지는 현상은 도덕의 탄생입니다. 우리의 도덕성, 옳고 그름에 대한 우리의 감각은 선천적인 것으로, 신경계에 배선配線되어 있습니다.

한 사회는 시간이 지남에 따라 큰 혼란이 일어나며 붕괴하는 시기들을 겪습니다. 무엇이 옳고 무엇이 그른지,

무엇이 진짜이고 무엇이 진짜가 아닌지, 도덕의 정의 자체가 완전히 바뀌기 때문입니다.

끊임없이 바뀝니다. 10년이면 바뀌고, 미디어와 함께 바뀔 뿐만 아니라, 개인의 인생 내내 바뀌기도 합니다. 옳고 그름이 유아기, 아동기, 청소년기, 성년기에 달라지고, 중년기에도 달라지고, 심지어는 노년기에도 달라집니다.

온갖 문제에 관해 합의가 될 때 사회는 화합이 이루어지고 통치가 가능해집니다. 합의가 깨지면 불화가 생깁니다. 온갖 문제가 뻔한 것이 되었다고 여겨질 만하면 여러 가지가 정치 이슈화politicization되면서 상황 전체가 변화합니다. 옳고 그른 것, 도덕적인 것, 적절한 것의 정의가 이제 모두 수정됩니다. 정치 이슈화는 끊임없이 온갖 것을 수정하는 방법입니다.

모든 것이 정치 이슈화되고 있습니다. 이제는 언어가 단어와 억양, 제스처까지 정치 이슈화됩니다. 말을 할 때는 표현에 주의해야 합니다. 단어 하나만 잘못 사용해도 그걸로 끝이니까요.

인간의 행태를 이해하려는 시도는 매우 복잡해지게 됩

니다. 거울 앞에 거울을 놓고, 그 앞에 또 거울을 놓게 됩니다. 그러다 자신이 이 세상에 제약되어 있지 않다거나 심지어 이 세상의 잣대로는 규정될 수도 없다는 사실을 깨닫습니다. 우리의 영, 우리의 큰나Self는 이 세상의 잣대로는 측정될 수 없고, 이 세상에 보이지도 않습니다. 우리는 세상을 초월하고자 합니다. 세상 속에 있되 세상에 속하지 않으며, 세상에 제약되지 않고자 합니다.

세상에 제약되어 있다는 것은 세상에서 주입받는 프로그램을 죄다 믿는다는 것입니다. 세상의 프로그램을 죄다 믿으면 세상에서 파는 온갖 것을 사려고 분주하게 됩니다. 성공적인 사람이라면 그런저런 것들을 갖고 있을 테니까요. 하지만 성공의 정의를 모두 충족하기란 도저히 어려운 일입니다. 친구도 더 많아야 하고, 매력도 더 있어야 하고, 돈도 더 많아야 하기 때문입니다. 자신에게서 어떤 결점을 맨날 찾아낼 수 있어서 결코 만족하지 못하게 됩니다.

비결은 현재의 자신에게 만족하는 동시에 자신이 진화 중인 인간임을 아는 것입니다. 따라서 우리는 완벽할 필요가 없습니다. 완벽해지라는 요구를 받고 있지 않으니까요. 우리는 갖고 있는 장점들을 최대한 활용할 거라는 기대만 받고 있습니다. 그러니 배우고, 성장하고, 타인에게 힘이 되어 주고, 자애롭고, 용서하면 됩니다. 그러면 인간으로서 할 수 있는 모든 것을 하고 있는 것입니다.

감사의 힘

감사하는 마음을 가지면 부정적인 상황을 더 잘 이해하고 경험할 기회를 얻습니다. 내가 좋아하는 실생활의 사례가 있습니다. 주차장에서 누가 후진하다가 내 차를 받으면 나는 항상 그 사람 기분을 풀어 주려고 신경 씁니다. 그래서 그 사람에게 "걱정하지 마세요. 접촉 사고 안 겪는 사람이 어디 있습니까. 보험 있으시죠? 저도 있습니다. 별일 아닙니다."라고 말합니다. 접촉 사고는 사실 좀 귀찮은 일일 뿐입니다. 자신의 삶이나 타인의 삶을 망칠 일이 전혀 못 됩니다.

다른 사람을 기쁘게 해 주는 것은 그 자체로 매우 뿌듯한 일입니다. 그 사람이 서서히 걱정을 덜고 확연히 안도

하는 모습을 볼 수 있으니까요. 내가 자기를 고소할 거라는 생각에서 벗어나 차분하고 평온하게 바뀌어 갑니다. 그러면 일이 다 잘 풀릴 것이라고 안심시킵니다. 스트레스가 심한 상황을 악화시키는 대신 누군가의 기분을 풀어 주는 것은 아주 좋은 일입니다.

또한 이내 알게 될 것입니다. 이런 식으로 살면 지극히 즐거울뿐더러 주변 사람들도 모두 친절하고 우호적이며 다정하고, 밤에 잠자리에 들 때도 기분이 좋습니다. 삶이 만족스러워지고 여러분의 행복이 뿜어져 나와 세상에 퍼집니다. 이런 식으로 존재하면 여러분은 더 높은 의식 수준의 중계국과 같이 되어 자신을 통로로 활용합니다.

과학의 패러다임과 영성의 패러다임

과학은 선형성과 논리성, 인과관계가 특징인 패러다임에 속하고 400대로 측정됩니다. 과학은 뉴턴식 실상 패러다임에 속하며 평범한 물리학, 수학, 기타 과학, 이성을 포함합니다. 하지만 영적 패러다임은 다른 패러다임이고

500 이상으로 측정됩니다.

따라서 과학은 보다 제한적입니다. 영적 실상은 500 이상으로 측정됩니다. 예컨대 사랑은 입증할 수가 없는 것입니다. 누구와 사랑에 빠져 있거나 무엇을 사랑한다고 입증할 수는 없습니다. 사랑은 비선형적이고 형언 불가능한 것이니까요. 과학적으로 사랑을 입증할 수는 없지만 사랑은 강력합니다. 사람은 사랑을 위해 세상의 모든 것을 포기하고 땅끝까지도 갑니다.

사랑은 차원이 다르고 질이 다릅니다. 음악이나 미술의 아름다움도 마찬가지입니다. 음악의 온도를 측정할 수는 없습니다. 음악은 온도가 없습니다. 온도가 속하는 영역과 음악이 속하는 영역은 다릅니다. 따라서 과학을 사용해 영적 실상을 입증하거나 반증할 수는 없습니다. 내가 알기로는, 이 간극을 어느 정도 넘나드는 것은 내가 임상적인clinical 것이라고 부르는 것뿐입니다. 학문적인 과학은 간극을 넘나들지 못합니다. 임상적인 과학은 분명 가능성likelihood과 추론을 제시할 수는 있지만, 증거를 제시할 수는 없습니다.

우리는 다년간 측정을 하는 과정에서 이런 형언 불가능한 상태에 대한 정보를 많이 얻었습니다. 그런 정보가 가능성을 이해하고 알아내는 데는 도움이 되었지만, 확실성을 안겨 주지는 않았습니다. 과학적 의미의 증거가 아니었으니까요. 영적 실상은 증거로 이루어진 세계가 아닙니다. 400대 수준으로 측정되는 선형적 차원 내에서는 뭔가를 입증할 수 있지만, 500 이상에서는 아무것도 입증할 수 없습니다.

무엇이 증거가 될 수 있을까요? 무엇이 확신을 줄 수 있을까요? 증거가 없으면 믿지 못하는 의심 많은 사람은 신성에 이르기 직전까지도 뭐든 의심할 것입니다. 회의론 skepticism은 그 자체로 제약이고, 170 정도로 측정됩니다. 회의론은 부정적인 마음 상태라, 평범하지 않고 명백하지 않은 것은 뭐든 틀렸다고 입증합니다. 그리하여 생명의 신비, 사물의 본질을 모두 놓칩니다.

의심으로는 세상을 있는 그대로 바라볼 수 없습니다. 교향곡 음악이 아름답다는 것을 의심합니까? 안 하죠. 나는 방금 목뒤로 한기가 올라오는 것을 느꼈습니다. 이

느낌은 정신화mentalization*나 판단이 아닙니다. 오페라 중에는 말 그대로 등골을 오싹하게 하는 작품들이 있습니다. 그 점을 부정할 수가 없습니다. 그 음악이 숨 막히게 아름답고 깜짝 놀랄 만하지만, 과학적으로 이 사실을 증명할 방법은 없습니다.

아이 같은 천진함과 경탄을 유지하려면

아이들이 천진한 것은 단지 아직 프로그래밍 되지 않았기 때문입니다. 하지만 나이가 들면서도 우리는 고유의 천진함이 여전히 내면에 있습니다. 그리고 영적 진화를 통해 분별력discernment이라 일컫는 지점에 도달합니다. 일반적으로 분별력은 불체佛體, Buddhic body**의 제3의 눈이 열리는 것을 말합니다.

분별력은 600대의 의식 수준에서 생깁니다. 힌두 철학에서는 사트-치트-아난다Sat-Chit-Ananda로 알려져 있기

---

* 자신이나 타인의 외견상 행동이 바탕하는 정신적 상태를 이해하는 것

** '붓다의 몸'이라는 뜻으로, 가장 높은 수준의 영적 육체를 말한다.

도 합니다. 이 수준에서는 세상에서 떠나도 되고 머물러도 됩니다. 아무 차이가 없습니다. 불체의 제3의 눈이 열리면 사물의 본질을 분별할 수 있는 고유의 능력을 갖습니다. 양의 탈을 꿰뚫어 보고 그 안에 늑대가 있음을 알아챕니다.

그래서 일단 이 제3의 눈이 열리면, 양의 탈을 쓰고 우리를 죽이려고 기다리는 늑대가 있음을 깨닫습니다. 사람들은 자신의 의견과 가치관을 우리 내면의 아이에게 심으려 듭니다. 그러면 우리는 그런 도덕규범과 윤리를 도입해 자신의 일부로 통합하고 동일시합니다. 하드웨어에 내장된다고 할 정도로 말이죠. 이것이 우리에게 이루어지는 프로그래밍입니다.

이런 프로그래밍을 바꾸는 방법은 자기 자신이 되는 것입니다. 거울 미로 속에서 길을 잃었을 때는 하기 쉽지 않은 일입니다. 번번이 상황이 다르게 보이고, 인간의 삶이 얼마나 복잡한지 번번이 알게 됩니다. 우리가 할 수 있는 일 하나는 이 복잡하고 끊임없이 변화하는 인간의 삶에 경의를 표하는 것입니다. 그저 당당히 고개를 들고 계속 나아가려고만 해도 엄청난 의지와 헌신이 필요합니다.

알다시피 의식의 수준들은 카르마적 성향이 있고, 그런 성향 중 일부는 신의 선물입니다. 그리고 인간의 삶이 지닌 진짜 목적은 의식의 진화입니다.

나이가 들어 가면서 우리는 자신과 타인에 대한 기대, 그리고 자신의 사회적 역할에 대한 기대를 끊임없이 바꿔야 합니다. 이 엄청나게 복잡한 상호작용에 대한 이해를 우리는 끊임없이 변화시키고 있습니다.

삶을 살펴보면, 결정할 일이 시시각각 끝도 없이 줄을 잇고 있음을 알 수 있습니다. 결정에 따라 우리는 이 방향으로 가거나 저 방향으로 갑니다. 각각의 선택이 또 다른 선택으로 이어집니다. 결정할 때마다 측정을 하여 '그렇다'로 측정되는 것을 늘 따른다면, 그러니까 더 높은 의식 수준으로 측정되는 것을 늘 따른다면, '아니다'로 측정되는 것을 맨날 선택하는 사람과는 완전히 다른 흐름 속에 있게 될 것입니다. 진실을 따르는 사람은 궁극적으로는 신에게 인도될 것입니다.

무한하고 시간을 초월한 지복을 얻으려면

끊임없이 진실을 따르면 마침내는 신에게 도달하여 환희와 황홀경이 있는 의식 수준에 이를 것입니다. 환희와 황홀경은 사람을 정상적으로 활동하지 못하게 하는 것이라 제대로 기능할 수가 없습니다. 환희가 강렬합니다. 황홀감이 이루 말할 수가 없습니다. 신의 에너지장에, 즉 신성에 처음으로 직접 노출되는 황홀감이, 모든 시간을 넘어서고 모든 표현을 넘어서는 강렬한 환희로 사람을 가득 채웁니다.

이때 내게 떠오른 앎은 이 황홀경 또한 신에게 항복해야* 한다는 것이었습니다. 그래서 나는 황홀경을 항복했습니다. 황홀경은 말도 못 하게 마음을 사로잡는 것입니다. 그래서 쉬운 일이 아니었습니다. 하지만 그때 나는 이 또한 항복해야 하는 것임을 깨달았고, 그래서 무릎을 꿇고 황홀경을 항복했습니다. 그러자 어떤 말로도 묘사될 수 없는 평화가 찾아왔습니다. 무한하고 끝이 없는 영원함이었고, 완전히 완료되었다는 느낌이었습니다. 이 시점

---

* 여기서 '항복하다'는 타동사로, '넘기다', '포기하다'의 의미다.

에서 사람은 몸을 떠나는 것이 허용됩니다. 몸에 머무를 필요가 없습니다. 몸에 머무를 의무도 없고, 몸을 떠날 의무도 없습니다.

떠날 자유가 있습니다. 나라는 것은 몸이 아니고, 몸이 계속 살아남을지 말지는 중요하지 않으니까요. 몸이 계속 살아남을지 말지는 사실 세상 사람들의 카르마와 여러분 주변 사람들의 카르마에 달려 있습니다. 그저 신의 뜻에 자신을 항복합니다. 경험되고 있는 에너지장이 무한하고 시간을 초월한 지복이라 해도, 그것을 항복합니다. 그러면 그 후에 일어나는 일은 신의 뜻에 달렸습니다.

3장

끌어당김의 법칙이
영적 여정의
일부가 되려면

*In the World
But not of it*

이 장에서 호킨스 박사는 '끌어당김의 법칙'을 통찰합니다. '끌어당김의 법칙'의 근저에 무엇이 있는지 설명한 다음, 우리가 일상에서 활용할 수 있는 더욱 강력한 방법인 '의도의 법칙'을 권합니다. 또한 사람들이 최신 영적 유행에 사로잡히는 까닭을 밝히고, 측정 과정에서 얻는 지식을 활용해 수행할 수 있는 가장 좋은 방법을 설명하여, 우리가 진실하고도 상황에 맞는 방식으로 영적인 길을 갈 수 있도록 도와줍니다.

* * *

영적 수행 과정에서 반드시 알게 되는 사실은 '마음에 품고 있는 것은 현실로 나타나는 경향이 있다.'는 점입니다. 이 사실은 매우 쓸모 있습니다. 의지력을 발휘하는 대신에 바람직한 것의 비전을 마음에 품고 있으면, 그것이 현실로 나타나는 경향이 있다는 것이니까요. 이에 대한 과학적 설명은 양자역학에 근거합니다. 우주의 잠재 상태potential는 슈뢰딩거 방정식을 통해 계산되는 것으로, 여러 가능성possibility을 나타냅니다. 그다음으로 적용되는 것은 의도입니다. 의도가 하는 일은 하이젠베르크 불확정성 원리*를 작동하는 것입니다. 의도는 잠재 상태의 파동 함수를 붕괴시켜 실제 상태가 되게 합니다. 이런 과정은 근육 테스트가 작동하는 방식이기도 합니다. 그 작동 방식 또한 하이젠베르크 과정입니다.

하이젠베르크 과정은 의식과 의도가 지닌 효과를 제시합니다. 실행 가능한 어떤 가능성이 존재하면 디랙 과정Dirac process**이 벌어진다고 할 수 있습니다. 우리가 파동

---

* 양자역학의 근간이 되는 원리로, 관찰자나 실험자의 '의도'가 실험의 결과에 영향을 미친다는 함축이 들어 있다.

** 관찰 전의 (여러 가능성이 중첩된) 불확실한 상태가 관찰에 의해 하나의 확정된 상태로 전환되는 과정

함수를 잠재 상태에서 실제 상태로 붕괴시키는 과정입니다. 예를 들어, 평생 나는 내가 살고 싶은 곳을 마음에 품어 왔습니다. 개울가의 작은 집을 원하면 개울가의 작은 집이 생겼습니다. 원하는 집이 무엇이든 실현되었습니다.

이건 마법이 아닙니다. '의도의 법칙Law of Intention'은 국소적 조건을 용이하게 해 주면 잠재 상태가 실제 상태로 전환된다는 양자역학에 근거합니다. 의도는 마음속에 품고 있는 것이 현실로 나타날 가능성을 증대합니다. 나는 평생 이런 식이었습니다.

의도의 파워를 활용할 때 우리가 이용하는 것은 의식의 장 자체의 파워입니다. 의식은 시간과 차원과 위치location를 초월하며 한계가 없습니다. 그리고 가능한 상태가 실제 상태가 되도록 결정짓는 것은 알맞은 국소적 조건입니다. 국소적 조건이 알맞으면 잠재 상태가 실제 상태로 현실화됩니다.

이 사실은 연구자에 따라 약간 다르게 표현되기도 했습니다. 루퍼트 셸드레이크는 생물학자이자 의식 분야의 연구자인데, 그가 주창한 원리도 본질이 똑같습니다. 즉 우리가 마음에 품고 있는 것은 국소적 조건이 알맞을 때 현실로 나타나는 경향이 있다는 것입니다. 그는 이것을 형성적 유발formative causation*이라고 부릅니다. 이 원리는 예로부터 여러 관점에서 묘사되어 온 것입니다. 전통적으로는 기도입니다. 기도할 때 우리는 무언가를 마음에 품고 자신의 의도를 그것에 더합니다. 이렇게 하면 그것이 현실로 나타날 가능성이 생기고, 그것이 물질세계에서 경험될 시기가 결정됩니다.

여러분이 세상에 현실로 나타낼 수 있는 것에는 한계가 없습니다. 하지만 얼마나 여러 생에 영향을 미칠지는 알 수 없습니다. 마음에 품고 간절히 바라며 기도하는 것이 이번 생에는 나타나지 않을 수도 있습니다. 우리에게 생기는 멋진 일이나 끔찍한 일은 매우 열정적으로 무언가를 요청했던 이전 생의 유물일 가능성이 매우 큽니다. 근육 테스트를 사용해 "카르마란 실제로 타당한 것인지"를 물으면 항상 "그렇다, 타당하다."는 답을 얻습니다. 심지어 『구약 성서』에서도 인류의 문제는 신을 거역하고 사과를 먹은 데 따른 업보라고 명확히 말합니다. 우리의 문제가 카르마 때문이 아니라면 무엇 때문일지 나는 모르

---

* 동식물 종의 집단적 '기억'이 형태장이라는 장을 통해 작동하여 형태를 '유발'하고 유지하는 것

겠습니다.

끌어당김의 법칙을 측정하면

끌어당김의 법칙The Law of Attraction은 250 정도로 측정
됩니다. 여러분이 어떤 일을 경험할 가능성이 커진다는
것이 그 일이 여러분에게 끌어당겨짐을 의미하지는 않습
니다. 끌어당김은 커다란 자석의 작용과 같지만, 여러분
이 우주로부터 이런저런 것을 마술적으로 끌어당기는 것
은 아닙니다. 의도는 여러분이 마음속에 품고 있는 일이
생길 가능성을 높입니다. 즉 의도는 여러분을 무언가로
이끄는 것이지 그 무언가를 여러분에게로 이끄는 것이
아닙니다.

400대는 이성의 영역이고 300대는 열정이나 흥분 같
은 느낌feeling의 영역에 더 가깝습니다. 그런 느낌들은 아
주 좋은 것이지만, 실제로 어떻게 해낼 것인가 하는 문제
는 여전합니다. 세상에는 목표의 선지자는 많지만, 수단
의 선지자는 별로 없습니다. 누구나 우리 모두를 하나의

거대하고 행복한 가족으로 합치고 싶어 합니다. 훌륭한 비전입니다. 하지만 그러려면 어떻게 해야 할까요? 우리가 할 수 있는 일 한 가지는 인류에게 큰 혜택이 되어 온 모든 발견을 살펴보는 것입니다. 그 모두가 과학에서 나왔고, 그중 많은 것이 다름 아닌 내 일생 동안에 이루어졌습니다. 의사들이 가망 없는 매독 환자들을 치료하던 차에 페니실린이 발명되었고, 이후부터는 단 한 번의 주사로 치료할 수 있게 되었습니다. 이것은 틀림없는 기적입니다. 의도를 가짐으로써 많은 질병이 차례로 치료되었습니다. 의도를 가짐으로써 우리는 수단을 끌어당기고 관련된 원리를 끌어당깁니다.

또 한 가지 고려할 요소는 자신이 현재 머물러 있는 의식 수준입니다. 상당히 높게 측정되는 어떤 사람이 무언가를 마음속에 품는다면, 그것이 현실로 나타날 가능성은 때로 100퍼센트에 가깝습니다. 부정적으로 낮게 측정되는 사람들은 아마도 자신이 원하지 않는 것을 현실로 나타내기 쉬울 것입니다.

현 순간의 파워

잠시 이 말을 잘 생각해 보세요. '바로 지금이라는 순간 에 사는 사람은 어떤 문제도 안고 있지 않다.' 내가 좋아 하는 예는 곧 참수될 사람의 사례입니다. 단두대로 걸어 가는 그 순간, 그는 어떤 문제도 안고 있지 않습니다. 단두 대 계단을 딛는 그 순간, 그는 여전히 어떤 문제도 안고 있 지 않습니다. 그런 다음 단두대에 머리를 얹습니다. 그 순 간에도 여전히 그는 어떤 문제도 안고 있지 않습니다.

지금 이 순간에 살고 있으면 아무 일도 일어나지 않습 니다. 그런 다음 싹둑 하고 머리가 잘려 나가면, 어떻게 될까요? 여전히 아무 문제도 없습니다! 심지어는 최악의 상황이라 해도 바로 지금이라는 순간에 살고 있는 사람 이라면, 불안이나 부정적 감정들이 창출되는 것은 자신 이 미래에 있다고 여기는 것 때문임을 압니다. 불안과 두 려움과 낙심은 미래나 과거에 대한 것입니다. 마음을 지 켜보면 대개 과거의 어떤 일을 후회하고 있거나 미래의 어떤 일을 예상하며 두려워하고 있음을 알게 됩니다.

"몸이 있는 곳에 마음을 두라."는 말이 있습니다. 바로 지금이라는 순간에 있으라는 의미입니다. 평범한 사람들은 미래를 걱정하거나 과거에 매달립니다. 미래에 대해 긍정적 반향을 예상하기도 하지만 두려운 일도 예상합니다.

의식 탐구의 초보자가 혼란스러워하기 쉬운 것은 의식 수준들을 섞기 때문입니다. 한 맥락에서 의미 있는 것을 다른 맥락에서 비판할 수는 없습니다. 과학의 관점에서 신학을 비판할 수는 없듯이, 다른 의식 수준에서 나온 진술을 반박할 수는 없습니다. 패러다임이 다르니까요. 과학은 하나의 패러다임이고, 영적 실상은 또 다른 패러다임입니다. 영성의 관점에서 수학을 비판할 수는 없습니다. 비판한다면 그것이 바로 수준들을 섞는 것입니다.

예를 들어 누가 이렇게 말합니다. "내가 지금 이 순간에 사는 때는 내가 뭘 걱정할 때예요. 바로 지금 걱정을 하고 있는 거니까요. 또 내가 현재에 사는 때는 내가 과거를 후회할 때예요. 바로 지금 후회를 하고 있는 거니까요. 이러니 내가 바로 지금 이 순간에 산다면 나는 과거를 후회하고 미래를 걱정하게 됩니다. 그게 내가 바로 지금에 대해 우려하는 거예요. 나의 지금이란 것은 말이죠, 걱정과 후회로 가득하답니다."

그러고는 이렇게 말합니다. "후회를 없애고 예상되는 두려움을 없애려면 내가 지금에서 벗어나야 해요. 내일까지는 다 해결책을 찾게 될 거고요." 이 또한 시간을 의미하는 말이죠. 단지 어떤 것에 주의를 기울이고 있다고 해서 그것이 지금이 되지는 않습니다. 1장에서 이야기한 관상적 라이프 스타일은 여러분이 지금과 지금 아닌 때, 미래와 과거가 안겨 주는 혼란에서 벗어나는 데 도움이 될 수 있습니다. 왜냐하면 의식 자체의 목격자라는 관점에서 보고 있다면, 어떤 지금도 존재하지 않고, 어떤 과거도 존재하지 않으며, 어떤 미래도 존재하지 않기 때문입니다.

현상들이 펼쳐지지만, 선형적인 시간 경로time track 안에서 펼쳐지고 있는 것은 아닙니다. 의식 안에는 시간 경로가 존재하지 않습니다. 의식 안에서는 모든 것이 동등하게 존재합니다. 모든 것이 시간을 넘어서 있으니까요. 의식의 무한한 장 안에는 어떤 장소도 존재하지 않습니다. 의식은 무한하니까요. 무한한 우주 안의 모든 장소가 바로 지금 여기에 존재하고, 모든 시간이 바로 지금 가용합니다. 그리고 이 사실을 우리는 의식 측정으로 입증할 수 있습니다. 우리는 클레오파트라의 기분과 생각을 측정할 수 있고, 의식 수준도 측정할 수 있습니다. 사람들이 "그런 건 과거에 속하죠."라고 할 수도 있지만, 그렇지 않습니다. 지금에 속합니다. 클레오파트라는 과거에 속하지 않습니다. 어떤 것도 과거에 속하지 않습니다. 모든 것은 지금에 속하고, 모든 것은 여기에 있습니다. 왜냐면 의식 안에서는 모든 것이 영원히 기록되기 때문입니다. 지금까지 일어난 모든 일은 영원히 기록되지, 그 일이 과거인지 현재인지 미래인지에 따라 사라져 버리지 않습니다. 모든 것은 바로 지금 존재합니다. 지금까지 일어난 모든 일은 동등하게 바로 지금, 바로 여기에 존재합니다.

무한한 우주에서 그 중심은 어디일까요? 무한한 우주의 중심은 모든 곳에 있습니다. 무한한 시간에서 지금은 언제일까요? 지금은 모든 시간입니다. 이런 것은 다른 수준의 추상화abstraction입니다. 깨달은 상태에서는 이런 문제가 전혀 정신화되지mentalized 않습니다. 문제로 보이지 않으니까요. 단지 알아차림에 대한 알아차림에 대한 알아차림만이 존재합니다. 나는 이런 것을 미학 측면에서 생각합니다. 우리의 뇌 기능이 좌뇌적, 선형적, 논리적, 순

차적, 의지적으로 생각하기보다는, 우뇌적으로 감상하도
록 전환시키는 것을 생각합니다. 아름다운 숲속을 걸으
며 새가 노래하는 소리를 듣고 봄에 피어나는 예쁜 꽃을
볼 때, 여러분은 좌뇌로 생각하고 있는 것이 아닙니다. 그
저 감상하는 것에, 미적 탐구aesthetics에 빠져 있는 것입
니다. 영적 실상에 대한 이해는 미적 탐구를 통해 증진됩
니다.

음악, 춤, 그림, 대성당의 아름다움. 아름다움은 신성
찬양의 본질적인 요소입니다. 두어 층 높이로 조각된 설
교단을 본 적이 있습니다. 조각가가 그 설교단을 조각하
는 데 평생이 걸렸지요. 그는 그것을 조각하며 평생을 살
았습니다. 이런 대성당들의 인상적인 점은 수천수만의
사람이 100년이 넘는 세월 동안 성당 건축에 평생을 바
쳤다는 것입니다.

웨스트민스터 사원, 노트르담 대성당, 샤르트르 대성
당 같은 웅장하고 아름다운 건축물을 접하면 우리는 겸
손해집니다. 자신이 너무나 작고 하찮은 개체라 이런 거
대한 건축적 업적 안에 들어서면 눈에 띄지도 않을 것임
을 알게 됩니다. 웨스트민스터 사원을 마음에 품고 그것

을 건축하는 데 1000년을 들인 인류의 위대함에 감사하는 마음이 들게 됩니다. 대를 이어 일생을 바쳐 가며 인류는 아름다움을 위해, 결코 다시 만들어 낼 수 없는 정교한 조각과 굉장한 스테인드글라스 창문을 위해, 자신의 삶을 희생합니다.

여러분은 시간을 사라지게 할 수 있습니다. 물론 인생에서 중요한 순간에서는 시간이 사라집니다. 사실 시간을 느끼는 것은 경험하기experiencing에 저항하기 때문입니다. 그래서 경험하기에 저항하는 것을 멈춰, 경험하기가 그 자체를 경험할 수 있도록 하면 시간 감각이 사라집니다. 나는 이 사실의 실용성을 알게 되었습니다. 피닉스시에서 내가 사는 곳까지 운전하는 것이 매우 지루할 때가 있었기 때문이죠. 나는 시간이 사라지게끔 내 마음을 사용하기 시작했고, 그러자 그때부터는 피닉스에서 출발하면 어느새 이미 집에 와 있곤 했습니다. 길에서 지루하게 몇 시간을 보내며 이동한다는 개념 자체가 사라져 버렸습니다.

미국 인구의 절반은 영적 실상을 이해하는 것이 불가능합니다. 왜 그럴까요? 그들은 선형적 영역만 이해할 수 있습니다. 인과관계가 지배하는 뉴턴식 세계만 이해하고, 비선형적인 것은 전혀 이해하지 못합니다. 맥락을 이해하지 못합니다. 맥락이 도덕에 영향을 미치는 가장 좋은 예는 상황 윤리입니다. 사람들은 "음, 아뇨, 아뇨, 옳고 그름은 절대적인 겁니다."라고 합니다. 하지만 모든 옳고 그름은 맥락에 좌우됩니다. 법정의 모든 소송건이 맥락의 사례입니다. "당신이 방아쇠를 당기기 전에 무슨 일이 있었죠? 위협당하고 있었나요?" "위협당하는 줄 알았는데 그건 사실 총이 아니었습니다. 그가 주머니에서 꺼내려고 했던 건 햄버거였어요." 우리는 언제나 맥락을 살펴봅니다. 의도가 무엇이었는지를 봅니다.

우리는 미래를 예측할 수 없습니다. 미래는 길을 가는 도중에 내리는 결정들의 의도가 가져오는 산물이기 때문입니다. 여러분과 나는 지금 미래를 결정하고 있습니다. 그러니 우리가 함께하는 시간이 끝날 때까지 어떤 일이 있게 될지, 그 미래를 어떻게 알 수 있겠습니까? 현재는 지금 이루어지고 있는 결정과 의도와 선택에 기초합니다. 그래서 창조와 진화는 동일한 한 가지 것입니다. 이 사실을 배경으로 삼아야 내가 하는 말을 이해할 수 있을 것입니다. 신성divinity은 창조를 진화적인 것으로 정했습니다. 그래서 모든 생명체의 역사를 죽 훑어보면 그 모두가 진화적임을 알 수 있습니다. 단순한 단세포 박테리아에서 복잡한 인간에 이르기까지, 시간이 지남에 따라 생명체의 의식 수준은 끊임없이 진보하고 있습니다.

미래를 예측할 수 없는 이유는 미래를 결정짓는 요인들이 아직 발생하지 않았기 때문입니다. 또한 미래는 아직 결단을 내리지 않은 수백수천만 명의 사람들이 내리는 결단에 의해 결정됩니다. 그 결과가 결정론적이라고 보는 것은 운명론이 될 수 있고, 운명론은 낮게 측정됩니다. 인간이 진화하고 우리의 의식이 진화하기에, 미래의 사건들을 결정짓는 요인들은 아직 발생하지 않았습니다. 그런 것은 인간의 의지가 지닌 선택 사항이기 때문입니다. 따라서 집단적으로 우리 모두가 특정한 방식으로 생각한다면 어떤 가능성이 발생하긴 하겠지만, 그것이 결정적인 것은 아닙니다. 우리는 여전히 미래를 결정하지 못합니다.

우주의 무한한 파워와 의식의 전능한 장에 비하면, 인간의 파워는 푼돈에 불과한 것입니다. 1cm^{3}의 공간 속에 우주의 총질량에 해당하는 에너지보다 더 큰 에너지가 존재합니다. 더 큰 파워가 존재합니다. 그래서 매우 강력한powerful 존재가 마음속에 어떤 것을 품으면, 그보다 덜 강력한 의식 수준인 사람보다 실현 가능성을 높이게 됩니다.

젊었을 때 어떤 명망 높은 단체에 가입하라는 권유를 받았지만 거절한 적이 있습니다. 가입하면 안 된다는 것을 직감적으로 알고 거절했습니다. 알고 보니 어떤 신성시되는 서약을 해야 하는데, 그 문구가 이런 식이었습니다. "내가 이것을 어기면 이와 반대되는 것이 내 운명이 될 것이다." 이런 서약은 수많은 생을 통해 구속력을 갖습니다.

바로 이런 것이 우리의 측정 기법이 존재하는 이유입니다. 이 기법은 높은 수준으로 진화한 사람은 가벼운 부정적 에너지에 반응하지 않지만, 그 정도로 진화하지 못한 사람은 쉽게 반응한다는 사실을 보여 줍니다. 반응이 이렇기 때문에 사이비 종교들이 추진력을 얻는 것입니다. 그런 곳에 가담하는 사람들은 200 미만으로 측정됩니다.

지금 분노가 치민다고 합시다. 여러 생에 걸쳐 분노를 많이 억압해 온 사람이라면, 없어지지 않고 남아 있는 분노가 많기 마련입니다. 양말을 물어뜯어 놓은 고양이를 용서한다고 해서 바로 분노가 해결되지는 않습니다. 여러분은 지금 억압된 것뿐만 아니라 집단 무의식까지 의식에 출현하도록 가속페달을 밟는 중입니다. 그런 것이 처리되도록 촉진하는 중입니다.

브리태니커 백과사전에서 신비가神秘家 항목을 읽어 보면, 역사상의 가장 유명한 신비가들 중 다수가 특징적으로 오랫동안 병고에 시달렸음을 알게 될 것입니다.

나는 건강과 치유에 관해 여러 번 강의하면서 내가 일생 동안 겪은 병들을 돌아봤습니다. 모두 스물여섯 가지 질병을 경험했는데, 그중 절반이 거의 치명적인 것이었습니다. 재발되는 천공성 궤양, 출혈성 게실염, 편두통, 급성 췌장염 등이 잇따랐지요. 이제는 내가 신비가로 분류될 정도로 말이죠. 신비가는 진실에 도달하는 과정을 꼭 거치지 않아도 확실한 진실을 알아차립니다. 일반 사람들은 자신이 익힌 기법을 총동원해서 진실을 산출하지요. 나는 일반 사람들에 비해 육체의 운명을 훨씬 덜 중시하는데, 죽을 수도 있는 상황에 직면할 때가 있었지만 그에 대해 조금이라도 불안을 느꼈던 기억은 없습니다.

몸-밖 경험out-of-body experience*을 하면 자신의 육체가 누워 있는 모습을 실제로 볼 수 있습니다. 이때 흥미로운 점은 육체에서 벗어나는 순간 육체에 전혀 관심이 없어진다는 것입니다.

공동체의 영향

공동체의 영적 지향성이 얼마나 분명한가에 따라 많은 것이 달라집니다. 영성에 대단히 헌신적인 사람은 어떤 환경에서는 공감을 얻는데, 다른 어떤 환경에서는 이상하게 여겨질 수도 있습니다. 대다수 신비가들은 믿음이 없는 평범한 사람들 주변에 있을 때는 전혀 눈에 띄지 않

---

* 유체 이탈을 말한다.

습니다. 신비가는 어떤 의식 상태에 도달하면 그냥 세상을 다 버리고 떠납니다. 그러면 세상 사람들은 그가 미쳤다고 여깁니다. 무슨 일이 생겼느냐면, 다른 실상reality이 우세하게 된 것입니다. 에고의 세계와 인간의 평범한 의식이 타당성을 잃고, 신비가에게 더 이상 동기를 부여해 주지 못합니다. 돈과 성공, 명성 같은 것이 골칫거리가 될 수도 있습니다. 신비가는 무한한 실상을 알아차리는 다른 실상에 헌신하게 됩니다. 그리고 큰나Self가 존재하고 있는 맥락에서 볼 때, 작은나self의 야망과 공포와 감정은 우스꽝스러워 보입니다. 상당히 터무니없어 보이지만, 그런 것이 평범한 사람들의 삶입니다.

신비주의를 날조해 낼 수는 없습니다. 자신의 에고가 더 이상 외부적이고 물질적인 만족을 갈구하지 않는 척할 수는 없습니다. 인위적으로 에고가 사라지게 할 수는 없습니다. 에고가 사라진 상태가 실상이어야 합니다. 영적 노력을 통해 마침내는 그런 상태가 실상이 됩니다. 지배적인 실상이 됩니다. 즉 영적 실상에서는 큰나가 작은나를 장악하고 대신합니다. 더 이상 작은나에 신경 쓰지 않습니다. 큰나의 압도적인 존재가 작은나를 압도하니까요. 죽음의 공포가 사라집니다.

앞에서 언급했듯이 영적 소질이 있는 사람들은 음악과 미술, 미적 탐구를 폭넓게 접했던 경우가 많습니다. 그런 것은 뇌 기능과 신경 연결에 큰 영향을 미칩니다. 우리 가족은 다들 음악에 재능이 있었습니다. 할머니는 아버지를 임신했을 때 끊임없이 클래식 음악을 연주했습니다. 그러자 사람들이 무식한 아일랜드 여편네라며 할머니를 비웃었지요. 할머니는 "두고 보세요." 했고, 할머니 말이 맞았습니다. 아버지는 훌륭한 음악가였습니다. 그리고 할머니는 내게 셰익스피어 책을 읽어 주곤 했습니다. 그렇게 나는 클래식 음악과 셰익스피어를 접했습니다. 토요일 오후면 메트로폴리탄 오페라*의 연주가 라디오에서 흘러나왔고, 밀턴 크로스**가 오페라를 해설해 주었습니다. 이내 「니벨룽의 반지」에 빠져들고, 「로엔그린 Lohengrin」을 고대하게 되었습니다. 그것이 본성의 일부가 된 것이지요.

---

* 북미 최대의 클래식 음악 단체. 오페라 공연으로 유명하다.

** 밀턴 크로스(1897~1975) : 미국의 라디오 아나운서. 별세 전까지 43년간 토요일 오후마다 메트로폴리탄 오페라 방송을 진행한 것으로 유명하다.

앞에서 유머 감각의 중요성에 대해서도 이야기했습니다. 나는 유머 감각이 지극히 중요한 것이라고 봅니다. 이는 인생의 다른 어떤 것들, 그러니까 사랑, 감사, 엄숙함만큼이나 중요하지요. 유머는 사람들 사이에서 치유 효과가 있고, 삶에서 모호한 점을 짚어 냅니다. 내용과 맥락 사이에서 모호한 점을 짚어 그 둘이 실제로는 정반대가 되고 만다는 것을 보여 주는 경우가 아주 많습니다. 유머는 새로운 시각이나 사고방식을 제시함으로써 사람들 간에 마음이 통하고 의견 차이는 덮어 두는 데 도움 되는 길이기도 합니다. 유머를 접하고 웃는 것만으로 자기가 어떻게 중병에서 회복했는지, 그 이야기를 책으로 쓴 사람들도 있습니다. 웃음은 여러 가지 중요한 건강상의 이점이 있는데, 특히 뇌에서 엔도르핀을 분비시키고 스트레스를 해소해 주는 효과가 있습니다.

오늘날의 세계가 직면해 있는 과제는, 사람들이 기술을 통해 지나치게 연결되어 있다는 점입니다. 소셜 미디어를 통해 밈이나 인용구 같은 것에 끊임없이 세뇌되고 프로그래밍 되고 있습니다. 그런 문구들은 너무 자주 인용되면 진실로 받아들여집니다. 반복해서 주입되기만 하면 진실로 받아들여지는 거죠.

이 모든 일의 이면에는 의도가 있습니다. 이 모든 일에 동력을 공급하는 것은 의도입니다. 우리는 보이는 대로 순진하게 믿어 버리지 않도록 분별력discernment을 습득해야 합니다. 인간의 마음은 도움을 받지 않으면 진실과 거짓을 구별할 수 없습니다. 훈련되어 있지 않은 마음은 에고의 구조에 너무나 장악되어 있어서, 인식과 본질을 분별할 수 없습니다.

사람이 현실을 이해하는 수준은 자기도취증과 영성이 대립할 때도 드러납니다.

자기도취적인 마음은 자기 나름의 관점에 지배되는 반면, 영적인 마음은 진실 그 자체를 위해 진실을 추구합니다. 자기도취증의 해독제는 영성입니다. 신이 존재한다고 확신하는지의 여부가 세상의 모든 차이를 만들어 냅니다. 신을 가상적인 가능성으로 생각하는지 그렇지 않은지는 상관없습니다. 회의론은 무신론과는 다르니까요. 나는 오랫동안 열렬한 불가지론자였습니다. 원래는 무신론자였지만, 스스로 두뇌를 훈련해 사고가 더 정교해진

뒤로는 불가지론자가 되었습니다. 이런 이해의 전환이 일어나는 전반적 맥락은 신이 존재한다는 확신과 신이 존재하지 않는다는 확신의 대립입니다. 거울 미로는 신성의 빛이 비추면 완전히 다르게 보입니다.

예술가와 작품의 측정

위대한 작곡가나 화가를 측정하면 모두 상당히 높게 측정됩니다. 그들의 천재성이 비롯된 원천은 신경증적 공포가 아닙니다. 거울을 보고 자화상을 그리며 거기다 자신의 고뇌를 담을 수는 있지만, 그런 고뇌가 천재성의 원천은 아니라는 겁니다. 그런 것은 작품 소재의 원천일 뿐이죠. 예를 들면, 반 고흐의 「자화상」이 있습니다. 세계에서 가장 유명한 그림 중 하나지요. 이런 경우에는 그런 그림을 그린다는 경이로운 사건이 벌어지고 있는 사람의 전반적 측정치를 검토합니다. 그는 창조적인 천재지만 자신의 고뇌를 세상과 공유하지 않을 수도 있고, 반대로 그런 고뇌를 공유하고 싶을 수도 있습니다. 내면의 고뇌를 외부에 투영해 다른 사람들이 경험하게 하되 그것이 화가 자신의 고뇌임을 알아보지는 못하게 할 수도 있습니다. 셰익스피어는 정말로 위대한 작가였습니다. 그가 작품 속에 표현한 것이 인간의 고뇌에 대한 자신의 개인적 경험인 것은 분명하지만, 그런 경험이 지닌 공통성 덕분에 그의 작품은 광범위한 사람들에게 여운을 남기고 반향을 불러일으켰습니다. 셰익스피어가 희곡에 표현한 것들은 오늘날의 세상에서 벌어지는 상황에서도 여전히 매우 매우 적절합니다.

의도의 파워

내가 의사 일을 했던 곳에는 의료 전문가가 많았습니다. 정신과 의사와 심리 상담사도 있고, 사회 복지사와 심리학자도 있었죠. 나는 우리 중 일부가 다른 사람보다 환자 회복률이 높다는 것을 알아차렸습니다. 나도 아주 성공적으로 환자들을 회복시켰고요. 그래서 때로 궁금했습니다. '그 이유가 뭘까?'

환자 회복률은 의도와 상관있습니다. 즉 환자의 회복에 도움이 된다면 뭐든지 하고자 하는 자발성과 상관있습니다. 그리고 나는 틀에 박힌 과학의 실상 패러다임에 얽매이지 않았습니다. 인습적인 의학은 440 정도로 측정되지만, 더 높은 수준의 더 창의적인 의학은 445나 450으로 측정됩니다. 내가 직관적으로 알게 된 것은, 다른 의사들이 대안적이거나 비非인습적으로 여기는 몇몇 치료법이 특정 환자들에게 도움이 될 수도 있다는 사실이었습니다. 예를 들어 침술이 있습니다. 중국식 전통 의학을 거론하면 현대적인 의사들은 눈살을 찌푸립니다. 하지만 출혈성 십이지장 궤양의 재발로 내가 거의 죽을 뻔했는데도, 그들은 내게 도움이 될 방법을 찾아내지 못했지요. 그런데 나는 침술 치료 세 번 만에 완치되었습니다. 의료계에서 25년 동안 고치지 못한 병을 세 번의 치료로 완치시켜 주었는데, 그 치료법을 불신할 수 있을까요?

치료에 성공하려면 열린 마음이 필요할 뿐만 아니라, 정상적으로 여겨지는 방안에서 벗어나 치료법을 찾으려는 자발성도 필요합니다. 사회적으로 용인되는 진단과 진료의 영역 밖에서 생각하려는 이 자발성이 부족해서, 환자의 회복을 도와줄 능력을 키우지 못하는 의료 전문가들이 많습니다.

온갖 증상으로 고통받던 환자가 나를 찾아온 적이 있습니다. 남자는 스탠퍼드와 UCLA의 정신과 의사들을 만나 통상적인 진료 절차를 거쳤습니다. 40명에 가까운 정신과 의사들이 그를 치료하려고 시도했지만, 그들의 치료법은 전혀 도움이 안 되었습니다. 그들 중 누구도 제대로 진단하지 못했거나 회복을 돕지 못했습니다.

내 진료실에 들어왔을 때 그는 거의 포기한 상태였습니다. 명백히 내 도움이 필요해 보였고요. 표준적인 정신과 치료로는 그의 문제가 해결되지 못했기에, 나는 모발 검사를 의뢰했습니다. 의료계에서 눈살을 찌푸리는 또 하나의 것이죠. 논리나 추론으로 한 일이 아니라 내 마음의 소리를 따른 것이었습니다. 모발 검사 결과, 체내 수은 수치가 유독한 수준에 도달한 것으로 나타났습니다. 그래서 매우 많은 양의 아스코르브산(비타민 C)을 사용하는 수은 해독 치료를 하자 완전히 회복했습니다. 누구도 그를 제대로 진단하지 못했고, 누구도 그를 치료할 방법을 몰랐습니다. 그가 내게서 받은 치료 가운데 좌뇌적인 논리를 거쳐 이루어진 것은 하나도 없었고, 모두 직관적인 앎을 통해 이루어졌습니다. 기능성 질환의 패턴을 따르지 않았던 남자의 고통은 명백히 중독으로 인한 것이었습니다.

환자들이 내게 전화해서 우울, 불안, 불안 발작, 극심한 공포증, 갑작스러운 분노 폭발 같은 것을 호소하면, 병원 오는 날까지 며칠간 설탕 섭취를 끊으라고 권하곤 했습니다. 그렇게 하면 넷 중 한 사람은 나를 만날 때까지 그런 증상을 겪지 않았습니다. 오진이 가장 많은 의학적 질환 중 하나는 기능성 저혈당증입니다. 의료 전문가들은 흔히 이 증상이 있는 환자를 ADHD나 양극성 장애로 빠르게 진단하고 기능성 저혈당증의 가능성을 배제해 버립니다. 실제로는 혈당 수치가 낮으면 뇌 기능 장애와 부신 기능 저하를 가져올 수 있고, 그로 인해 정서적 기질의 예측 불가능한 변화나 극심한 감정 기복이 일어날 수 있습니다. 식단에서 설탕을 없애면 불안 발작, 불면증, 우울증을 없앨 수 있고, 심지어는 돌발성 분노도 없앨 수 있습니다.

끌어당김의 법칙은 잊으라

수준 높은 스승이라면 끌어당김의 법칙은 잊으라고 할 것입니다. 그런 것은 원하는 결과를 세상에 투영하고는 그 흔들리는 버드나무 가지 같은 것을 쫓아다니는 에고의 고집일 뿐이니까요.

그냥 모든 끌림attraction과 꺼림aversion을 놓아 버리세요. 백만장자가 아니라는 사실을 한탄하는 대신, 백만장자가 되겠다는 생각을 단념합니다. 백만장자가 되면 행복해질 것이라는 환상을 갖고들 있지만, 꼭 그렇게 되지는 않습니다. 백만장자가 되어 행복해지고 나면 야심이 없어질 테니 괜찮을 거라고 생각하지만, 에고의 습관을 바꾸지 못하면 새로운 문제가 생깁니다. 에고는 지배권을 차지할 새로운 길을 찾아낼 것입니다. 무언가를 특별하게 여기고는 그것을 쫓을 것입니다.

연구에 따르면 복권에 당첨된 사람들은 삶의 질이 향상되지 않는 경향이 있습니다. 상상 가능한 온갖 부정적 귀결이 갑자기 거액을 탄 사람들에게 닥칩니다. 그 결과는 대단히 파괴적일 수 있습니다. 자살하거나 이혼하거나 중독에 빠지는 비율이 올라갑니다. 거액의 돈이 행복을 가져오리라는 환상들이 있지만, 그런 돈이 실제로 가져오는 것은 엄청난 스트레스입니다.

영적 실상을 가로막는 걸림돌을 없애면 영적 실상이 출현합니다. 작은나self에 지배되고 있다가, 즉 에고의 바람과 원함, 끌림과 꺼림에 지배되고 있다가 큰나Self가 빛을 발할 수 있게 됩니다. 큰나의 광채 속에는 원함이나 꺼림이 전혀 없습니다. 모든 것이 그저 있는 그대로입니다. 보다 수준 높은 스승은 외부의 것에 더 이상 매혹glamor의 에너지장을 투영하지 말라고, 두려움을 투영하지 말고 끌림과 꺼림을 투영하지 말라고 조언합니다. 청정한 상태는 끌림이나 꺼림이 없는 상태이고, 이런 청정한 상태에서는 모든 것이 그저 존재할 뿐입니다. 그리고 모든 것이 그저 존재할 뿐이면 절대적 평화가 존재합니다. 지금 이 순간 여러분이 있는 곳을 살펴보세요. 책이 있는 곳, 발이 있는 곳을 살펴보고, 주변에 있는 것을 살펴보세요. 모든 것이 그저 존재할 뿐입니다. 그러니 뭐가 문제입니까? 어떤 문제도 없습니다. 여러분이 마음속에서 하나 만들어 낼 수는 있습니다. 그런 다음 그것을 세상에 투영하는 것이죠.

영적 지향이나 영적 관심이 생기는 시기가 인생에서 대개 한 번은 있는데, 이때 사람은 카르마적으로 발심發心을 하거나 타인에게 감화를 받든가 합니다. 또 대개는 정보 수집 기간을 거칩니다. 많은 책을 읽고 많은 강연자의 말을 들으며 끌리는 시기입니다. 카르마의 영향이 작용하고 있어서, 특정한 것에 끌리는 까닭을 잊고 있다가도 어느새 끌리기 시작합니다. 그리고 수준 높은 스승을 원하는 마음을 품고 있다 보면, 그런 스승을 얻게 해 줄 정보에 유의하게 됩니다. 원하는 바가 처음부터 명확하게 마음에 있는 경우가 아니라면, 적절한 스승을 찾는 기간이 있게 됩니다. 원하는 바가 명확한 경우라면, 특정 스승의 강의에 참석하기 시작합니다.

그 특정 스승의 강의에 참석하는 것은 그 스승의 오라 aura가 지닌 에너지장이 자신의 오라에 옮아 오기를 바라기 때문입니다. 의식이 진보한 스승은 오라에 매우 강력한 에너지장이 있고, 그 에너지장이 얼마나 강력한지를 여러분이 측정할 수도 있습니다. 무슨 일이 생기느냐면, 여러분의 오라에 그 스승의 에너지장이 지닌 주파수가 옮아 오는 겁니다. 이 주파수는 많은 생애 동안 영적 오라 내에서 지속될 수 있습니다. 깨달음을 얻을 사람에게 8생生 전이나 10생 전*에 옮아 왔을 수 있는 위대한 스승의 에너지장이 이제 확연히 드러나는 것입니다. 예로부터 이렇게 스승을 찾아갑니다. 그리고 많은 사람이 스승에게 배우거나 스승의 이미지가 있는 데서 명상하는 등 정진을 심화할 수 있는 무슨 일이든 하면서, 스스로 그 스승의 수준으로 진보하기 시작합니다. 유감스러운 사실은 주파수를 전달하는 스승의 오라를 경험하려면 그 스승이 육체로 존재하고 있어야 한다는 것입니다.

세상에서 매우 진보된 의식 상태라 일컫는 것으로 내가 들어갔을 때, 그것은 앎knowingness의 형태로 발생했고, 그 앎과 함께 절대적 확실성이 존재했습니다. 생명 자체의 근원을 포기하는 일에 직면하여 나는 내 세계를 구성하는 모든 것, 모든 끌림, 모든 꺼림을 포기했습니다. 그러자 내가 어떤 한 가지 것에 아직 매달리고 있다는 알아

---

* 직전 생은 1생 전, 전전 생은 2생 전이다.

차림이 생겼습니다. 그 또한 오 주여, 당신 앞에 내려놓아야 합니다. 그것은 생명 그 자체였습니다. 다른 것은 모두 제거되었기에, 그 수준에서는 생명 자체의 근원이 에고 자체에서 비롯됨을 직감합니다. 그래서 그 시점에서 나는 생명에 대한 나의 의지, 존재하려는 나의 의지, 생명 자체의 형태로 존재하려는 의지를 내려놓았습니다. 나는 그 또한 오 주여, 당신께 항복했습니다.

알아차림/의식의 내적 신성이 존재하지 않는다면, 우리는 형상form의 세계를 알아차리지도 못할 것입니다. 우리가 형상을 알아차리는 것은 형상 없는 것 덕분입니다. 그래서 형상을 숭배할 이유가 전혀 없습니다. 애초에 우리가 실재하는 모든 것의 신성을 경험할 수 있는 건, 형상 없는 것 덕분이기 때문입니다.

4장

기술 문명의 시대에
의식의 진보를 이루려면

In the World
But not of it

현대 사회에서 기술은 정신없이 빠르게 변화하며 무시 못 할 영향력을 행사하고 있습니다. 이 장에서 호킨스 박사는 이 현대적 현상이 거두고 있는 승리와 그 과시적 요소들에 대한 그의 이론을 공유합니다. 또한 근래에 기술이 미디어, 텔레비전, 영화, 채팅방, 블로그, 광고, 현대적 마케팅 공세 같은 것으로 발전하고 있는 가운데, 우리가 의식을 진보시킬 수 있는 길을 논합니다. 그리고 그 모든 소음 속에서도 수월하게 영적으로 진화할 수 있는 길을 알려 줍니다. 이 장을 통틀어 독자는 적극 수용할 것들을 배울 뿐만 아니라, 그보다 훨씬 중요한 피해야 할 것들도 배우게 될 것입니다.

* * *

나는 기술을 다룰 일이 있으면 다룰 줄 아는 사람을 고용합니다. 컴퓨터에 관심 가진 적도 전혀 없습니다. 내가 알고 싶은 것들은 선형적이지 않습니다. 인터넷은 인간이 그걸 가지고 해 온 일들의 의도에 달린 문제입니다. 좋게 쓸 수도 있고, 안 좋게 쓸 수도 있는 것입니다.

안 좋은 면에만 주목하는 부정성이 우리 사회에서 큰 관심을 끌고 있습니다. 블로그, 텔레비전, 동영상 같은 것에서 그런 현상을 볼 수 있습니다.

길이 제일 막히는 경우는 도로에서 사고가 났을 때입니다. 다들 속도를 줄이고 "와, 저거 끔찍한데?" 하고 있을 것이 분명하니까요. 사람들은 재앙에 끌립니다. 그리고 재앙에 끌리는 사람들은 그런 부정성을 노출시키는 유행병에 감염됩니다. 섹스와 유혹, 폭력을 잘 조합할 수 있으면 높은 시청률과 큰돈을 보장받습니다.

즉 70에서 90 정도로 측정되는 것들이 인기 있다는 사실을 돈을 욕망하는 전문가들이 알아낸 것입니다.

오늘날 세상에서 긍정성을 유지하려면

우리는 진실성integrity과 진정성sincerity, 그 밖의 다른 덕목을 되찾아야 합니다. 진정성, 정직성, 진실성, 참됨 truthfulness과 함께, 내가 어렸을 때는 교육도 주된 덕목에 들어갔습니다. 나는 이런 미덕을 2차 대전 때 동료 군인들에게서 봤습니다. 우리는 전우였고 서로에게 헌신했습니다.

이런 것이 더 높은 의식 수준입니다. 전통적인 미국이 지극히 높게 측정된다는 점을 잊지 마세요. 현대 사회는 간신히 200 이상으로 측정됩니다. 그래서 오늘날의 세상에서 조금이라도 절제하게 만드는 것은 법밖에 없습니다. 우리가 동료로서 서로에게 거짓말을 하지 않은 것은 서로 믿고 의지했기 때문입니다. 그러나 오늘날 세상에서 거짓말을 하지 않는 것은 소송당할 두려움 때문일 수 있습니다.

상황이 이렇긴 하지만, 아직 미디어에서 아주 긍정적인 것도 많이 접할 수 있습니다. 미디어는 매우 교육적일 수 있습니다. 미디어는 전달의 메커니즘이지 근원이 아닙니다. 근원은 여전히 인간의 마음이라 긍정적일 수도 있고, 부정적일 수도 있습니다.

내가 어렸을 때는 사랑이 아주 인기 있었습니다. 지금은 증오가 아주 인기 있습니다. 자극적인 감정 선동 sensationalism이 사람들을 이끌고 있다고 봅니다.

의식 수준의 하락

집단의식의 수준은 1980년대 후반에 최고치에 도달했다가 하락하기 시작했습니다. 서구 문명은 의식 수준이 최근 몇 년 동안 급격히 하락했습니다. 그리고 그런 하락은 최근 교황이 방문한 것과 시기가 일치합니다. 교황은 진실성과 도덕성, 사랑과 용서 같은 전통적 가치관을 재건하려고 노력했고, 그런 가치관은 물론 상당히 높게 측정됩니다. 교황의 노력은 사람들의 존경을 잃은 것들에다 더 큰 진실성을 부여하려는 것이었습니다.

교황은 가는 곳마다 매우 긍정적인 호응을 얻었습니다. 그에게 용맹함, 참됨, 용서, 타인의 안녕을 위한 개인의 희생 같은 것들을 되살리고자 하는 자발성과 역량과 열망이 있음을 실감시켜 주었지요.

미디어와 기술은 의식 수준의 하락세에 중요한 역할을 해 왔습니다. 앞에서 이야기했듯이 인간에게는 안 좋은 일을 구경하려고 하는 타고난 성향과 호기심이 있습니다. 하지만 구경한 뒤에 거기에 젖어 있거나 그곳에 살 필요는 없습니다. 가난의 모습을 살펴볼 수는 있지만, 가난 속으로 들어가 거기서 살 필요는 없는 것이지요.

그러니 자문해 보세요. 나는 어디서 살고 싶은가? 동물적인 삶을 살고 싶은가요? 동물은 먹이, 교미, 영역에 대해서만 생각합니다. 나는 아이들에게 프로이트를 가르치곤 했습니다. 무의식과 이드를 가르치고, 그런 것의 동물적 본능을 가르쳤습니다. 동물적인 삶을 살고 싶어 하는 사람은 그런 삶을 삽니다. 인류의 본성에는 동물적인 측면이 있습니다. 자기 영역을 지키고 남을 지배하려 드는 성향이 강해서 전쟁을 벌이기 일쑤지요.

이러한 측면 때문에 인류는 살아온 시간의 93퍼센트를 전쟁을 하며 보냈습니다. 뇌의 생리를 살펴보면, 뇌는 한쪽이 동물적인 본능에 지배됩니다. 이는 200 미만으로 지극히 낮게 측정되는 본능이죠.

예를 들어, 비디오 게임들은 지극히 낮은 수준으로 측정됩니다. 80 정도죠. 여러분은 사회의 밑바닥 수준에서 살 것인지 꼭대기 수준에서 살 것인지, 인생을 살아가며 선택해야 할 것입니다.

원숙해지면서 얻는 분별력의 중요성

나는 발언의 자유를 열렬히 지지하는 사람은 아닙니다. 글로 쓸 수 있는 모든 것이 발표하기에 적합하다고는 생각하지 않습니다. 원숙해지면서 얻는 능력이 있는데, 그것을 분별력이라 부릅니다. 합법적인 것이라고 해서 특정 방안을 밀고 나가면 파탄을 맞게 되는 경우가 많습니다. 원숙해지면서 분별력, 신중함, 책임감, 사회적 책임을 갖추게 되면, 그런 경우인지 아닌지를 깨닫는 데 도움이 됩니다.

인류의 의식 수준은 올라갈 뿐만 아니라 내려가기도 합니다. 17~18세기의 계몽 시대에는 점차 올라갔었습니다. 미국의 헌법은 700 정도로 측정됩니다. 과거와 현재의 모든 국가를 통틀어 가장 높습니다.

과학은 생명을 구하는 데 활용됩니다. 과학은 더 새롭고 더 나은 방법으로 생명을 살리는 데도 활용되고, 생명을 죽이는 데도 활용됩니다. 과학 자체에는 선과 악이 없습니다. 과학은 400대로 측정되는 선형적 실상의 차원입니다. 가치가 도출되는 것은 비선형적 차원이고요. 그러면 선형과 비선형의 관계는 어떠해야 할까요? 우리가 가치를 느끼게 해 주는 것은 비선형입니다. 즉 우리에게 과학 기술의 가치를 알려 주는 것은 영적인 길입니다.

우리는 나이가 들면서 조급한 마음이 들기도 합니다. 어떤 일이 닥칠지 알고 있고, 서두를 준비도 되어 있습니다. 육체를 떠날 때 생기는 일에 관심 있는 것입니다. 과거에 매달리기보다는 미래를 맞이할 생각에 들뜹니다. 육체가 일시적인 것임을 깨닫고 나면, 더 이상 그것을 위해 모든 것을 희생하고 싶지 않게 됩니다.

여러분은 영은 영원하고 육체는 물질적임을 알고 있습니다. 그래서 "그다음은 뭐지?" 하고는 천국 같은 것이 존

재하는지 안 하는지 알아보려고 합니다. 그 답은 여러 다
양한 영역으로서 '존재한다'입니다.

5장

세계 시민으로서
각성의 길을 가려면

In the World
But not of it

마지막 장에서 호킨스 박사는 세계가 직면한 도전 과제, 그리고 세계 시민으로서 우리가 여러 함정을 피해 자신의 삶과 전 세계에 더 큰 의식을 가져올 수 있는 길에 대한 통찰을 공유합니다.

그는 먼저 인간의 삶이 지닌 목적에 관해 이야기합니다.

* * *

내가 보기에 인간의 삶이 지닌 목적은 신에게 봉사하고, 인류에게 봉사하고, 자신에게 봉사하는 것입니다. 전

인류를 위해서는 물론이고, 자신의 진화를 위해서도 신의 뜻의 통로가 되는 거지요. 어쨌거나 여러분도 인류의 일부이니 자신을 제외하지는 마세요.

나 자신을 위하거나 아니면 인류를 위하는 것이 아닙니다. 나 자신도 인류의 일부니까요. 그래서 인류에게 봉사하면 자기 자신에게도 봉사하는 것입니다. 그렇다면 인간의 삶이 지닌 목적은 자신의 운명을 실현하는 것이고, 그것을 실현하는 길은 자신과 신과 동료 인간에게 봉사하는 것입니다. 그러면 이제 사랑은 감정이 아닌 자질quality이 됩니다. 사람들은 "오, 자기야, 내가 얼마나 자길 사랑하는지 모르지." 같은 것을 사랑이라고 생각합니다. 사랑은 자신의 실상을 드러내는 방식의 하나입니다. 사랑은 동등함equality을 아는 것입니다. 자애로운 마음가짐으로 딱정벌레를 밟지 않고 지나가는 것은 생명이라는 선물의 가치를 알기 때문입니다. 사랑은 소중함을 아는 것이니까요. 또한 사랑은 자질과 본질과 좋은 면을 봅니다. 이 모든 요소가 세상을 보고 경험하는 방식에 영향을 미칩니다.

이런 요소를 쌓아 가는 시작은 어린 시절의 경험입니다.

그러니 부모로서 우리는 아름다움과 음악과 영적 자질을 최대한 제공해야 합니다. 이 모든 것이 결국에는 문화적 규범과 관습이 됩니다. 사람들이 믿든 안 믿든 말이죠.

"윤리, 도덕, 신, 종교 같은 1950년대 헛소리는 전혀 믿지 않습니다."라고 말하는 사람들이 있습니다. 하지만 그런 사람들이 현재 늘어놓고 있는 이야기는 그 시절부터 지속돼 온 정신적 영향과 프로그래밍에 의해 오늘날의 문화적 규범과 관습이 된 것들뿐입니다. 그 모든 것은 기술에 힘입어 발전하고 있고, 여러 형태의 커뮤니케이션에 영향받아 발전하고 있습니다. 우리는 이제 방대하게 축적된 지식에 접근할 수 있습니다. 그러니 거울 미로에서 만나는 모든 것으로부터 옥석을 가려 낼 줄 알아야 합니다. 또한 의견과 자기도취증과 상대주의를 없애고, 자신이 되고 싶은 목표와 자아 이상ego ideal*을 발전시킵니다. 그런 다음 그 목표나 자아 이상의 모델이 되는 인물과 자신을 동일시합니다. 사회에는 영웅이 필요하고, 모델이 필요합니다.

---

* 자신이 되고 싶은 인물에 대한 의식적이거나 무의식적인 이미지로, 이상적으로 여기는 사람들을 본떠 만들어진다.

현재의 정치적 대화는 의식 수준이 200으로 측정됩니다. 반면에 내가 자라 온 세대의 정치적 대화는 280에서 290 정도로 측정됩니다. 딱 200이면 그 수준의 본성이 낮은 편이긴 하지만, 좋은 것도 나쁜 것도 아닙니다. 그 어느 쪽도 아닙니다. 미디어의 영향으로 사람들은 누가 실제로 어떤 사람인가에는 관심 없고, 그에게 어떤 이미지가 투영되어 있는가에만 관심 있습니다. 그리고 투영된 이미지가 여론을 움직이기를 바랍니다. 따라서 인기로 사람을 뽑습니다. 능력이 아니라 인기로 말이지요. 말하자면 최고의 외과 의사를 뽑지 않고 가장 인기 있는 외과 의사를 뽑는 것과 같습니다. 내가 뇌종양으로 수술받는다면 나는 인기 콘테스트에는 관심 없습니다. 내가 관심 있는 것은 전문성입니다.

우리 사회는 전문성을 보지 않습니다. 인기를 봅니다. 인기가 표를 얻어 준다고 생각하기 때문에, 미디어를 매우 의식해 거기에 애써 출연하려 하고, 사람들을 이끌기보다는 그들의 편견과 신념 체계를 다루려 드는 것이 정치적 대화의 목표가 되어 있습니다. 어떤 사람들은 이런 것을 대단한 진전이라고 보지만 실제로는 그렇지 않습니다. 인기를 주제로 하는 연극일 뿐입니다. 우리 사회에는 성차별주의, 인종차별주의에 이어 이제는 노령차별주의까지 있습니다. 이 모든 '주의ism'들이 서로 싸우고 있습니다. 그리고 어떤 것의 끝머리에 '주의'를 붙이는 순간 그것은 200 밑으로 떨어집니다. 따라서 이런 정치적 대화가 미치는 실제 영향은 가설적으로는 200이지만 실제로는 200 미만입니다. 텔레비전에 나와 안 좋은 이미지를 줄 만한 발언은 참고, 좋게 들릴 것은 과장하며 핏대 올리는 모습에서 볼 수 있듯이, 그 실제 영향은 대화의 의식 수준을 200 밑으로 떨어지게 만드는 것입니다.

조작과 조종이 일상화되어 있다고 할 수 있습니다. 정권욕들도 엄청나 보입니다. 정권욕에 일단 사로잡히면 당선되기까지 못 할 일이 없고, 못 할 말이 없는 것 같습니다. 하지만 당선되는 순간 국민의 50퍼센트가 그 사람을 싫어합니다. 그들은 반대표를 던졌으니까요. 대권이 인기 있는 것은 자기도취증 때문입니다.

진실성은 기본이고, 인품과 진실성에 더해 역량도 있어야 합니다. 우리가 원하는 사람은 경험이 풍부하고 진실성이 투철하며 현실 감각이 뛰어난 데다, 정치를 잘 이해하고 거기에 오래 몸담아 온 사람입니다. 이런 특성들 전부가 인종이나 성별과는 아무 상관 없습니다. 성별 덕분에 더 나은 정치인이 되지는 않습니다. 인종, 피부색, 나이 등 그 어떤 것도 마찬가지입니다.

애국심의 중요성

애국심은 조국과 동포, 그리고 조국의 역사적 진화에 경의를 표하고 숭상하는 것입니다. 미국 헌법이 탄생했고, 수정 헌법에서 권리 장전으로 인권이 보장되었으며, 이것들이 난관에 부딪치며 연방대법원에 의해 해석되는 과정이 있었습니다. 여러분은 진실성을 존경합니다. 내게 전우戰友의 의미는 진실성입니다. 전우들은 서로 안전을 지켜 주려 하고 서로를 위해 죽을 수도 있습니다. 용맹valor에 정렬되어 있기 때문입니다. 용맹은 매우 높게 측정됩니다. 우리가 지지한 원칙은 용맹, 진실성, 용기 같은 자질이었고, 그런 것이 바로 조국이 의미하는 바였습니다. 애국심은 헌신입니다.

내가 자라 온 세대에서 성차별주의가 있었다면 그것은 여성에게 경의를 표하는 것이었습니다. 여성은 존경을 받았습니다. 여성이 방에 들어오면 자리에서 일어났습니다. 여성이 숭배받았던 것은 인류의 번성과 자녀 양육에서 여성이 매우 중요한 역할을 했기 때문입니다.

인간의 딜레마

인간이 딜레마를 겪는 것은 진실과 정렬할 때입니다. 여러분이 계속해서 진실인 것을 선택한다면, 계속해서 거짓인 것을 선택하는 사람들과는 차원이 완전히 달라집니다. 그들은 실제로는 대체된 현실에 처하게 되니까요. 그 현실은 여러분의 현실과 같은 것이 아닙니다. 그리고 이 사실은 여러분이 성급히 비판하는 습성 judgmentalism에서 벗어나는 데 도움이 됩니다. 여러분의 세상 경험이 그들의 세상 경험과는 다르다는 것을 알게 되기 때문입니다.

여러분에게는 너무 뻔하고 명백한 진실로 보이는 것이

그들에게는 거짓입니다. 사리에 맞고 분별 있어 보이는 생각은 그들의 뇌리에 스쳐 지나가지도 않습니다. 주님은 모두에게 너그러워지라고 하셨고, 너그럽다forgiving는 것은 그들을 어떻게 보는가에 달려 있습니다. 그러니 그들을 달리 볼 수 있으면, 그들이 나와는 다른 현실 감각으로 나와는 다른 세계에 살고 있어서, 나의 기준으로 그들을 판단할 수는 없다는 사실을 깨닫습니다. 그들은 나의 기준을 이해하지도 못하니까요. 우리는 자비로운 것, 특히 약하고 순진한 사람들에게 자비로운 것을 미덕으로 여깁니다. 이와는 전혀 다른, 우리의 존립 자체를 위협하는 문화도 있습니다. 그런 문화에서는 사람을 정반대의 시각으로 봅니다.

요컨대 여러분의 정렬alignment은 여러분이 어떤 식으로 세상을 경험하는지, 어떤 것을 진실이나 가치 있는 것으로 해석하는지에 매우 강력한 영향을 미칩니다. 여러분의 모든 가치 판단은 여러분의 정렬에서 생겨납니다. 이 정렬에 바탕해 우리는 물질주의 대신 신을 추구합니다. 물질적인 것 대신 영적인 것을 추구하고, 부와 세속적 권력을 숭배하는 대신 신을 추구합니다. 사람들이 무엇 때문에 세속적 권력을 원하는지 모르겠습니다. 내게는 끔찍이도 성가시게 여겨지는데 말이죠. 하지만 권력을 얻기 위해서라면 물불을 가리지 않을 사람들이 많습니다. 통제하려는 욕망은 그토록 고질적입니다. 타인에 대한 권력, 지배, 주도권을 추구하는데, 이는 우두머리 수컷 증후군alpha male syndrome입니다.

무엇보다도 우리는 타인으로부터 인정acceptance을 받거나 찬성approval을 얻고 싶은 욕망이 있습니다. 모두가 내게 동의해야 합니다. 이렇게 찬성을 얻고 싶은 욕망은 물론 자기도취적인 성향입니다. 사람들이 찬성하든 말든 전혀 관심이 없는 지점에 도달하면, 어떤 것이 인정을 받거나 찬성을 얻는지 여부는 그저 알고 있는 사실의 하나일 뿐 개인의 가치와는 무관하게 됩니다. 왜 그럴까요? 영적으로 진화함에 따라 그런 것이 점차 덜 필요하게 되다가 최종적으로는 전혀 필요하지 않게 되기 때문입니다. 그런 특정 의식 수준에서 원하는 것은 무엇일까요? 아무것도 없습니다.

찬성에 대한 욕망을 놓아 버린다는 것은 통제되기가 더 어려워졌음을 의미합니다. 그런 만큼 감사할 줄 알고,

고마워할 줄 알게 됩니다. 다른 책과 강연에서 언급했듯이, 어떤 사람에게 고맙다고 하면서 그가 얼마나 훌륭한 일을 했고, 그 일에 대해 내가 얼마나 감사하는지를 알려주기만 해도 큰 영향을 미칩니다.

그래서 영성에 이르는 지름길은 온갖 것으로 나타나 있는 모든 생명을 내내 자애롭게 대하는 습관을 기르는 것입니다. 생명을 자애롭게 대한다는 것은, 사람들은 원래 같은 상황에 대해 다른 의견을 갖고 있으니, 모욕받았다고 해서 반드시 들고일어날 필요가 없음을 의미합니다. 시간이 좀 지나면 모욕이 매우 재미를 준다는 것을 알게 됩니다. 나에 대해 모욕적인 글을 쓰고들 있는데, 읽어보면 정말 배꼽 잡게 웃깁니다.

항상 높은 길을 선택합니다. 복수 대신 자비를 선택합니다. 인간의 생명을 가치 있게 여긴다는 것은 자신의 생명뿐만 아니라 타인의 생명도 가치 있게 여기는 것입니다. 나아가 생명 자체를 가치 있게 여기면 다양한 것으로 나타나 있는 생명을 다 받아들일 수 있습니다.

문명에는 흥망성쇠가 있습니다. 지금은 서구 문명이 자

유 낙하 중입니다. 미국의 의식 수준도 자유 낙하 중입니다. 하지만 괜찮습니다. 예로부터 위대한 문명들은 흥했다 쇠퇴하고 흥했다 쇠퇴하곤 했으니까요. 그랬듯이 지금은 서구 문명이 쇠퇴하여 자유 낙하를 하는 중입니다.

말하자면 태초부터 그런 식이었습니다. 그리스 시대, 로마 시대, 초기 대영제국. 이 모든 위대한 문명이 흥했다가 쇠퇴했습니다. 그러니 그런 것은 모두 오르내리는 경향이 있다는 점을 받아들이세요. 감사와 고마움을 느낄 줄 알고, 복수 대신 자비를 선택할 줄 아세요. 우리가 이렇게 하는 것은 온갖 것으로 나타나 있는 인생의 모든 것을 가치 있게 여기기 때문입니다.

또 우리는 죽음을 피할 수 없어 수명이 제한된다는 것을 잘 알고 있습니다. 우리가 언젠가는 반드시 죽는 유한한 존재임을 알고 있습니다. 필멸. 필멸은 육체 상태로 남아 있을 수 있는 시간이 하루하루 헤아려짐을 의미합니다. 우리는 먼지로부터 생겨나 먼지로 돌아갑니다.

의식 수준을 높이려면

문명에 흥망성쇠가 있듯이 바다에는 밀물과 썰물이 있습니다. 이것이 바다가 종말에 이르고 있음을 의미하지는 않습니다. 더 진전되어야 다시 회복할 수 있음을 의미할 뿐입니다.

어떤 진실과 진실성을 알게 되면, 그것에 경의를 표하고 그것을 지키는 것이 중요합니다. 정렬, 충성allegiance, 가치 인식. 우리가 이런 것을 지키는 것은 본래 가치 있는 것들이기 때문입니다. 이렇게 자문해야 합니다. 교육의 목적은 무엇이고, 우리가 원하는 것은 무엇일까? 음악 감상 시간, 미술 감상 시간 같은 것이 있는 학교는 분명 위상이 강화되고, 존경을 받을 수 있으며, 중요성이 커진다고 봅니다.

의식 수준을 높인다는 말은 목적 지향적인 것처럼 들립니다. 이러이러하게 하면 의식 수준이 올라간다는 이야기 같지요. 하지만 그렇지 않습니다. 여러분이 할 일은 진실한integrous 것이 지닌 가치를 재확인하는 것입니다. 일관되게 존중함으로써 그 가치를 재확인하는 것입니다.

여러분에게 이루어지고 있는 프로그래밍은 무의식적인 것입니다. 내가 스무 명에게 '오늘 약간이라도 세뇌당한 것 같은지' 묻는다면 절반은 아니라고 대답할 것입니다. 그러나 진실은 오늘 스무 명 모두가 세뇌당했다는 것입니다. 뉴스를 시청하고도 세뇌당하지 않을 방법은 없습니다. 우리는 끊임없이 미디어에 조종당하고 있습니다. 끊임없이요.

이 사실을 알아차리고 있기만 해도 안전장치가 설치됩니다. 우리는 중립을 유지하기로 할 수 있습니다. "나는 어느 한쪽을 편들 필요가 없어."라고 말할 수 있습니다. 어떤 것이 잘못되었거나 악하다고 말하는 대신 "권할 만한 것이 못 되는 것 같다."고 말할 수 있습니다. 정치적 세뇌가 사회 정의 같은 형태를 취하고 있는 가운데 변증법적 유물론으로 돌아가는 것이 세상이 원하는 바라면, 그렇게 되는 것은 그 사회에 달린 일입니다. 하지만 190으로 측정되는 철학으로 사람들을 세뇌하는 방법을 쓰면서 440으로 측정되는 사회에서 얻는 혜택을 기대할 수는 없습니다.

두 번째 보호 조치는 '의식의 지도'에 대한 인식입니다. 사람은 의식의 척도를 올라감에 따라 긍정적이고 건설적인 것으로 옮겨 갑니다. 정직하고 열정적이게 되고, 학문적 진실이나 과학적 진실을 추구하게 됩니다. 이어서 500에 도달합니다. 500은 사랑의 의식 수준입니다. 그런 다음 540은 무조건적인 사랑입니다. 570에서 580은 매우 고도로 진보한 의식 상태이고, 600은 깨달음입니다. 600 이후에는 위대한 신비가와 깨달은 존재들이 있고, 궁극적으로는 예수 그리스도의 수준이 있습니다.

200 밑으로는 부정적인 상태들이 있습니다. 실제로는 자기도취증의 상태들입니다. 자기도취적인 에고의 핵core이 의식 수준을 떨어뜨립니다. 교만, 탐욕, 분노, 울분, 물욕은 모두 꽤 낮게 측정됩니다. 그 밑으로는 죄책감과 무의욕이 있고, 결국은 자살로 끝납니다. 살려는 의지를 잃고 자살하고 싶어지는 것입니다.

프로그래밍에 대한 세 번째 보호 조치는 지적 교양입니다. 역사상 가장 위대한 지성들이 쓴 책을 읽는 것입니다. 셰익스피어가 물론 지대한 공헌을 했습니다. 인간의 가치관과 인간의 곤경을 주제로 삼아, 그런 것이 우리 자신, 가족, 지역 사회, 국가뿐만 아니라 인간 특유의 상태 human condition 자체에 선천적으로 부여되는 것임을 알 수 있게 했으니까요. 그는 인간적 본성 자체를 이야기하면서, 고통이 밀려오든 거금이 쏟아지든 그에 맞서 싸울 준비를 하라고 합니다.

플라톤과 아리스토텔레스, 그리고 소크라테스는 대단히 위대합니다. 르네 데카르트도 물론 위대합니다. 그는 세상을 외관과 본질로 구분했습니다. 두 가지 것이 계속됩니다. 하나는 여러분이 보고 있다고 생각하는 세계이고, 또 하나는 실제 현실의 세계입니다. 이 세계는 그것에 대한 여러분의 견해와 무관합니다.

끝으로, 프로그래밍에 대한 네 번째 보호 조치는 검증된 영적 가르침과 분별력을 따르고 실천함으로써 자신의 의식 수준을 향상시키는 것입니다.

마음에 품고 있는 것은 현실로 나타나기 쉽습니다. 그러므로 여러분이 신에 대해, 그리고 신성의 광채인 진실에 대해 숭배하는 마음을 품고 있다면, 또한 검증 가능한 진실과 진실성, 도덕적 진실성, 지적 진실성에 정렬한다면, 그런 것을 마음에 품고 있기에 그런 것이 여러분의 삶에 현실로 나타나기 쉬워집니다. 여러분이 추구하는 바가 유효하다는 것을 더욱 확신하게 해 줄 일들이 난데없이 생겨납니다. 영적 진실이 검증 가능해집니다. 최고 수준의 진실과 깨달음에 도달하는 것보다 높은 목표나 목적은 있을 수 없습니다.

더욱 진보한 다양한 영적 상태에 이르는 것은 믿기지 않을 만큼 보람이 커서, 그런 상태에 이르기 위해 어떤 노력을 했든 그 이상으로 보상받습니다. 기쁨의 상태로 사는 것, 감사의 상태로 사는 것, 모든 사람에 대한 연민과 사랑을 느끼는 상태로 사는 것은 그 자체가 보상입니다. 그래서 "미덕은 그 자체가 보상이다."라는 말이 있는 것입니다. 이 말의 실제 의미는 여러분의 의식 수준이 올라갈수록 행복의 정도도 올라간다는 것입니다. 실제로 의식 수준은 행복한 정도와 관련 있습니다. 이 둘은 완전히, 그리고 직접적으로 관련이 있습니다. 의식 수준이 높아질수록 행복 지수도 높아집니다.

행복 지수가 높을수록 세상으로부터 필요로 하거나 원하는 것이 적어집니다. 그리하여 결국은 세상에서 상대적으로 독립한 상태에 도달합니다.

때로 자기 성찰을 하며 내가 정말 바른 방향으로 가고 있는지, 더 높은 수준의 의식이 내가 실제로 정말로 원하는 것인지, 아니면 그냥 최신 유행을 따르는 것인지 궁금할 때가 있을 것입니다. 요즘은 다들 영적인 것에 빠져 있으니 말입니다. 여러분은 자신의 영적 의식이 진짜인지 아닌지 그 실상에 직면하게 될 것입니다.

마지막 격려의 말

이 책을 읽고 있다면 여러분은 좋은 위치에 있는 것이 분명합니다. 자기를 향상하는 데 관심 있고, 실상을 더욱 의식적으로 알아차리는 데 관심 있는 것입니다. 높은 길을 선택한 사람은 가르침과 해석과 연구 결과를 찾으며 스스로 확인할 수 있는 것들을 추구합니다. 이는 의식 기법을 사용해 확인할 수 있습니다. 물론 진정한 확인은 그런 것을 자신의 삶에 들여오는 것입니다. 이익을 위해서가 아니라 그 자체를 위해, 오직 그 자체를 위해 들여옵니다. 타인을 돕는 데서 얻는 환희를 사랑하기에 타인에게 도움이 되도록 합니다. 그러면 모든 것이 그 자체로 보상이 됩니다. 그 자체로 보상이 되기에 타인에게서 정말로 아무것도 필요로 하지 않습니다. 아무것도 필요 없습니다. 왜냐하면 그 경험 자체에서 이미 모든 환희를 얻었기 때문입니다.

저자에 대하여

데이비드 호킨스 박사(1927~2012)는 영성 연구소Institute for Spiritual Research, Inc.의 설립자이자 '헌신적 비이원성의 길Path of Devotional Nonduality'의 창시자입니다. 그는 의식 분야의 선구적인 연구자로 명성이 높았을 뿐만 아니라 저자, 강연자, 임상의, 의사, 과학자로도 유명했습니다. 그는 가톨릭과 개신교와 불교의 수도원에서 조언자로 봉사했고, 주요 텔레비전 프로그램과 라디오 프로그램들에 출연했으며, 웨스트민스터 사원, 옥스퍼드 포럼, 노트르담 대학교, 하버드 대학교 등 세계 각처에서 강연했습니다. 2012년에 별세할 때까지 그의 삶은 인류의 향상에 바쳐졌습니다.

*호킨스 박사의 저작에 관해 정보를 더 얻으려면 veritaspub.com을 방문하세요.

옮긴이 | 박찬준

서울대학교 물리학과를 졸업했다. 1994년 세계 최초의 전자책 서비스 '스크린북
서점'을 열어 2000년까지 운영했다. 데이비드 호킨스 박사의 저술과 강연 내용을
연구하는 모임(cafe.daum.net/powervsforce)에서는 '찰리'로 알려져 있다. 옮긴 책으로
데이비드 호킨스의 『놓아 버림』, 『성공은 당신 것』, 『데이비드 호킨스의 365일 명상』,
『데이비드 호킨스의 지혜』, 『데이비드 호킨스의 놓아 버림 연습』, 어니스트 홈즈의
『마음과 성공』, 헬렌 슈크만의 『기적수업 연습서』 등이 있다.

세상 속에 있지만 세상에 속하지 않는

1판 1쇄 찍음 2024년 11월 4일
1판 1쇄 펴냄 2024년 11월 13일

지은이 | 데이비드 호킨스
옮긴이 | 박찬준
발행인 | 박근섭
책임편집 | 강성봉
펴낸곳 | 판미동

출판등록 | 2009. 10. 8 (제2009-000273호)
주소 | 06027 서울 강남구 도산대로 1길 62 강남출판문화센터 5층
전화 | 영업부 515-2000 편집부 3446-8774 **팩시밀리** 515-2007
홈페이지 | panmidong.minumsa.com

도서 파본 등의 이유로 반송이 필요할 경우에는 구매처에서 교환하시고
출판사 교환이 필요할 경우에는 아래 주소로 반송 사유를 적어 도서와 함께 보내주세요.
06027 서울 강남구 도산대로 1길 62 강남출판문화센터 6층 민음인 마케팅부

한국어판 ⓒ ㈜민음인, 2024. Printed in Seoul, Korea
ISBN 979-11-7052-532-5 03840

판미동은 민음사 출판 그룹의 브랜드입니다.